Tome 4
Les portes de glace

**Catalogage avant publication de Bibliothèque et
Archives nationales du Québec et Bibliothèque et Archives Ca**

Carrière, Laurence, 1965-
Merlin
Sommaire : t. 4. Les portes de glace.
Pour les jeunes.
ISBN 978-2-89585-044-1 (v. 4)
1. Merlin (Personnage légendaire) - Romans, nouvelles, etc.
pour la jeunesse. I. Titre. II. Titre : Les portes de glace.

PS8605.A776M47 2008   jC843'.6   C2008-941160-9
PS9605.A776M47 2008

© 2009 Les Éditeurs réunis (LÉR).

Illustration : Carl Pelletier, Polygone Studio

Les Éditeurs réunis bénéficient du soutien financier de la SODEC
et du Programme de crédits d'impôt du gouvernement du Québec.

Nous remercions le Conseil des Arts du Canada
de l'aide accordée à notre programme de publication.

Édition :
LES ÉDITEURS RÉUNIS
www.lesediteursreunis.com

Distribution :
PROLOGUE
www.prologue.ca

Imprimé au Québec (Canada)

Dépôt légal : 2009
Bibliothèque et Archives nationales du Québec
Bibliothèque nationale du Canada

Laurence Carrière

MERLIN
Les portes de glace

LER
LES ÉDITEURS RÉUNIS

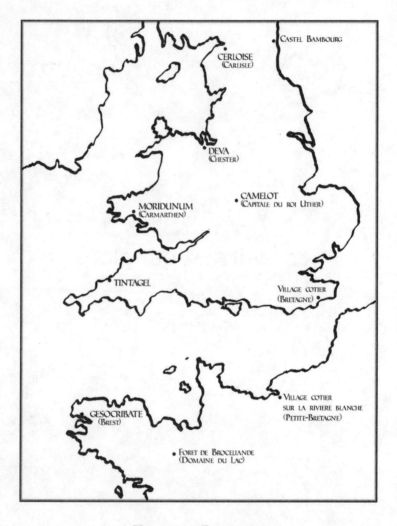

VUE DE LA BRETAGNE

VUE DE L'EUROPE ET DE L'AFRIQUE

PROLOGUE

L'aventure qui suit se déroule dans le royaume légendaire de Bretagne, à la période qui précède la chute de l'Empire romain d'Occident. Merlin et les hommes d'armes qui l'accompagnent répondent cette fois à l'invitation du seigneur Rivanorr de BelleGarde, le père de Ninianne du Lac. Ce nouvel épisode commence peu de temps après le retour à Cerloise de la troupe, tout juste après la défaite de la reine Mahagann. Cette fois-ci, les Bretons suivront la piste de la mère de Ninianne : la précédente dame du Lac.

La troupe bretonne s'embarque dans une expédition qui l'amènera à voyager en Bretagne, en Calédonie et dans les mystérieuses îles du Nord, dont l'isolée et froide Thulé, une île de glace et de feu aux confins septentrionaux du monde. Puis, sur l'exotique frange nord du continent africain et au grand désert qui s'étend des royaumes des Maures à l'Est, jusqu'à l'Égypte. Merlin cherche le chemin qui mène au domaine du terrible prince Ymir et espère ainsi découvrir ce qui est arrivé à la mère de sa chère amie, la fée Ninianne.

1

Merlin était assis à son aise, appuyé sur le tronc massif d'un grand arbre, près d'un petit ruisseau qui jouait une jolie mélodie apaisante. Il avait passé une bonne partie de l'après-midi en méditation et profitait maintenant pleinement des derniers rayons chauds de la belle saison. En effet, déjà les matins frais annonçaient l'approche de l'automne, et la forêt prenait lentement cet air de «contentement» qu'elle revêt avant que les feuilles ne changent de couleurs et qu'elles ne tombent, jusqu'à leur renaissance après le dur hiver. Il pouvait entendre les rires et les échanges verbaux des deux hommes d'armes qui le suivaient de loin. Ceux-ci étaient présents afin d'assurer sa protection, sans toutefois le déranger d'aucune manière. Merlin savait aussi que cette charge leur avait été confiée comme récompense pour un service exemplaire et comprenait l'immense honneur qui leur revenait d'être responsables personnellement de la sécurité de leur seigneur. Il ne les voyait pas pour le moment, mais déduisait par leur comportement que ceux-ci étaient de bonne humeur et que leur corvée ne leur était pas trop pénible.

Soudain, il entendit, au loin, le petit cri perçant de Faucon qui revenait de sa chasse et repéra rapidement le bel oiseau qui approchait en fendant le vent de ses battements d'ailes rapides et précis. Faucon localisa immédiatement les deux hommes d'armes de Cerloise et continua son approche vers Merlin, guidé par son lien surnaturel avec le jeune homme. Merlin se leva et mit ses longs gants de cuir lourd; il avait fait ajouter des rallonges sur les solides gants que lui avait offerts le chevalier Galegantin, quelques années plus tôt, et cette nouvelle protection lui couvrait maintenant les avant-bras d'une épaisse et rigide carapace. Faucon termina quelques tours autour du jeune druide et descendit directement sur lui. Il approcha à grande vitesse et, au dernier instant, l'oiseau ouvrit grand les ailes pour freiner son envol et se percher sur le bras qu'on lui tendait. Merlin fut surpris comme toujours par le prodigieux souffle que produisait l'arrêt rapide du petit oiseau et ricana intérieurement de l'impétuosité avec laquelle Faucon se lançait sur lui, comme s'il le faisait exprès et que secrètement il tentait par ce jeu d'effrayer le jeune homme.

— On aurait dû te nommer Éole, mon ami, car comme le dieu des vents de Grèce, tu me décoiffes à chaque approche.

Le petit oiseau tourna un œil vers son compagnon et lança une petite réclame remplie de douceur et de confiance. Merlin caressa d'un doigt le torse de l'oiseau de quelques bienveillantes affections et l'inspecta pour s'assurer de son bon état; les moments de grande proximité étaient relativement rares entre les deux amis, maintenant que Merlin avait tant de charges. Après s'être satisfait de l'état de Faucon, Merlin lui sourit pleinement. L'oiseau avait, lui aussi, de ses yeux perçants, inspecté le jeune homme et, satisfait de son état calme et joyeux, lui cria son approbation. Ces rapprochements avaient un effet étonnant sur les deux êtres. Alors que Faucon se sentit apaisé par le calme et la puissance tranquille de Merlin, le jeune homme était vivifié par la lucidité et le dynamisme de l'oiseau rapace.

Bientôt, Merlin décida qu'il était temps pour lui d'entamer le chemin du retour, et l'oiseau s'envola pour mieux assumer son rôle d'avant-garde. Les deux guerriers, alertés par les cris de l'oiseau, s'avançaient maintenant vers le seigneur de Cerloise, devinant ses intentions. Merlin jeta un long regard vers le ciel ensoleillé avant de se tourner vers les hommes et leur intimer l'ordre silencieux de la marche du retour.

Une fois à la forteresse de Cerloise, la joie relative de son paisible après-midi se dissipa… Mille choses à faire et à décider. D'autant plus que Merlin s'était quelque peu dérobé à ses devoirs dernièrement et qu'il s'isolait de tout un chacun.

Un peu plus tôt dans la semaine, les hommes de la troupe avaient reçu, après un joyeux festin de célébration, un congé et une part du butin pris à la sorcière Mahagann. On avait remis une part additionnelle à Galegantin pour qu'il l'apporte au roi Uther en gage de respect de la part de Merlin, de ses hommes et de lui-même. Le grand chevalier s'était embarqué le jour précédent avec son écuyer Marjean pour le sud, le roi Uther ayant ordonné à tous ses barons et ses chevaliers de le rejoindre à sa capitale pour lui rendre hommage et ainsi prouver leur loyauté. Les temps étaient durs pour le roi, et de nombreux seigneurs l'avaient abandonné à cause de ses comportements imprévisibles et de ses grandes montées de colère destructrices. Merlin avait choisi pour le moment de rester à Cerloise, mais il savait qu'il ne pouvait pour autant abandonner son oncle. Tôt ou tard, il aurait à se rendre lui-même à la forteresse royale du domaine de Logres, devant le roi. Mais pour un temps, le jeune seigneur du «Château de l'Isle», comme on appelait aussi Cerloise, avait d'autres soucis.

Merlin régla quelques affaires et demanda à ce que son nouveau gouverneur, Paulinus Martinus, s'acquitte du reste. Car son brave Sybran jouissait aussi d'une période de congé avec les siens. Le jeune druide décida alors de s'isoler à nouveau de tous pour retourner à ses réflexions. En effet, une préoccupation dominait chez lui et il avait passé les derniers jours à se préparer pour ce qu'il voulait faire ensuite. Il avait médité avec conviction et avait passé de longs moments à se ressourcer et à se charger d'énergie solaire. Pour les druides, il existait de nombreux parallèles entre ce qu'il se produisait dans la nature et les manières humaines de faire les choses, et certains croyaient que, comme les arbres et les plantes, les hommes entraînés pouvaient puiser à même l'énergie du soleil et en emmagasiner pour réussir ensuite une dure épreuve. Merlin maîtrisait bien la transe pour y parvenir.

Après avoir fait le plein d'énergie, il fut prêt pour ce qui allait suivre. Mais le souci de l'échec perdurait et l'empêchait, pour le moment, de s'engager pleinement dans son projet secret. La tension avait encore trop d'emprise sur lui et il savait que cela pouvait tout faire échouer. Il se ferma les yeux et se concentra pour chasser ce sentiment et le remplacer par un autre, plus positif. C'est alors qu'une douce impression s'empara de lui. Il sentit comme une puissante présence à ses côtés et crut un moment que quelqu'un avait réussi à franchir la barrière invisible d'interdiction qu'il avait placée à l'entrée de la pièce où il s'était isolé. Il allait ouvrir les yeux lorsqu'il entendit, à l'intérieur même de sa tête, le timbre de son amie résonner comme au loin. Merlin reconnut tout de suite la belle et sensuelle voix pleine de finesse de la fée Ninianne :

— Chut… Merlin, ne dis rien, ce n'est que moi, dit-elle tout doucement.

Merlin garda d'abord le silence, mais parla enfin à voix haute :

— Ce n'est que toi, dis-tu ! Aucune pensée au monde ne me fait tant plaisir que de te croire ici avec moi.

— Tes paroles me flattent, mon cher Merlin.

— Tu… tu entends mes paroles, Ninianne ?

— Bien sûr que je t'entends, mais pas tes paroles, plutôt tes pensées…

Merlin ne comprenait pas comment cela était possible. Mais les pensées de la jeune fée continuaient de se manifester à lui :

— Vois-tu, Merlin, nos deux êtres sont très proches maintenant, et le pouvoir sous notre contrôle nous permet d'échanger directement par la pensée.

— Incroyable ! Je pourrai donc te contacter comme cela en tout temps ?

— Non, malheureusement. Tes réserves d'énergie mystique sont présentement complètement pleines et c'est pour cela que j'ai pu sentir tes pensées et venir partager les miennes avec toi. À ce sujet, je sens que tu t'es préparé pour quelque chose d'assez spécial?

— Oui, Ninianne. Je suis sur le point de tenter d'éveiller une vision du passé.

— Tu veux dire de *ton* passé, Merlin?

— En effet, c'est cela.

— Ah… Et c'est là que réside la source de tes soucis.

— C'est juste. Il est toujours difficile de «voir» quand cela me touche directement, quand le problème est trop près de moi.

— Mais tu es décidé à le faire, maintenant. Tu vas retourner «voir» le passé et retrouver ton père?

— Il le faut, Ninianne, ma destinée en dépend.

La jeune fée comprit et Merlin sentit son long soupir, même sans l'entendre. Puis elle ajouta:

— Dans ce cas, je vais te laisser faire ce que tu dois et ne pas épuiser ton énergie. Je resterai accessible toutefois, si tu demeures capable de me rejoindre lorsque tu auras terminé.

Merlin ne répondit pas, se contentant d'un second soupir. Après un moment, il n'entendit plus rien en lui-même et se sentit à nouveau seul derrière la sécurité de la barrière magique qu'il avait érigée. Il sourit intérieurement; la barrière n'avait pas empêché l'entrée de Ninianne, même si seulement en pensée. Cela voulait certainement dire que, secrètement, Merlin ne désirait pas vraiment l'exclure, ou encore que Ninianne était plus puissante que lui… Il écarta cette dernière considération et entra dans la phase finale de sa concentration, celle qui empêche tout mouvement et qui utilise toutes les facultés… Et lentement, très lentement, la vision tant convoitée et appréhendée commença à se dessiner dans son esprit.

La nuit était froide et le vent de l'hiver approchant était plus mordant que celui du milieu de la saison. Un solide manoir de pierre dominait la bourgade inconnue traversée par une rivière déjà gelée. Au loin, des tours et des fortifications romaines étaient embellies par de la neige et des glaçons et illuminées par la lumière bleue de l'astre Lune.

L'action de la vision se transporta devant le manoir et traversa ses murs épais pour y révéler l'intérieur. Tous les gens de la demeure dormaient près des brasiers, même ceux qui y montaient la garde. La découverte des lieux se poursuivit jusqu'à la chambre des maîtres, aux grandes couches autour des foyers, au centre de la pièce, où dormaient ensemble et dans les mêmes lits parents, frères et sœurs, comme le voulaient les manières de l'époque. Chacun était lourdement habillé pour résister au froid et recouvert en plus d'épaisses couvertures de laine ou de fourrures animales.

Le passage d'une ombre étouffa un instant les cendres brûlantes qui reprirent aussitôt leur ardeur. L'ombre se déplaça lentement vers une porte forte barrée par une solide poutre qu'une main invisible souleva pour ensuite déverrouiller la porte et l'ouvrir sans peine. Après avoir traversé le seuil, l'ombre entra dans une seconde pièce beaucoup plus petite et un peu plus chaude. Là aussi brillaient les cendres d'un brasero, et une petite prise d'air laissait entrer un peu de vent frais, laissant s'échapper les vapeurs toxiques par le haut dans le toit bas, lui aussi fait de pierre. Cette pièce avait toutes les allures d'une chambre aux trésors que seuls les plus riches seigneurs se faisaient construire. La pièce comportait d'ailleurs plusieurs coffres de bois et de métal, mais détonnait par un contenu inattendu : un petit lit avait été aménagé en plein centre de la pièce, à côté du brasier, autour duquel de beaux lainages et des broderies couvraient les murs froids. Dans le lit gisait endormie une jeune femme et, tout à côté d'elle, une femme plus vieille, sans nul doute son ancienne nourrice, par l'attitude maternelle avec laquelle elle enlaçait la première. La vieille femme se réveilla soudain et, remarquant la porte ouverte, se leva péniblement afin d'inspecter cette étrange circonstance. Elle traversa sans la remarquer l'ombre qui se tenait au milieu de la pièce, bien qu'elle sentit un frisson traverser son corps. Une fois de l'autre côté du portail, la vieille femme jeta un regard vers les autres corps endormis, soulagée que tout fut en ordre. Lorsqu'elle fut assurée que chacun ronflait et soufflait normalement, elle tourna son attention vers la porte elle-même. La femme ramassa la poutre de barrage sans rien comprendre aux faits qu'elle avait sous les yeux et saisit le chambranle de la porte pour l'inspecter à son tour. L'ombre sembla bouger un moment et, soudain la vieille femme perdit connaissance, se laissant choir sans retenue, la poutre tombant avec fracas en même temps qu'elle. À ce moment, comme par magie, la porte se referma et la poutre de barrage se remit en place par elle-même sans que personne se réveille.

La vision se limita alors à la seule pièce forte. Bientôt, le petit brasier près du lit prit de la vigueur, et des flammes quasi surnaturelles illuminèrent la pièce et la réchauffèrent de leur ardeur. L'ombre s'approcha du lit et une forme invisible sembla s'asseoir sur la couche. Elle resta ainsi immobile, comme observant un long moment la jeune et jolie femme endormie. Les traits fins de cette dernière rappelaient ceux d'une autre femme de grande beauté, mais plus âgée… Soudain, la voix douce d'un homme, pleine de charme et de magnétisme, se fit entendre, murmurant :

— Optima… Belle Optima, réveille-toi…

À l'appel de son nom, la jeune femme se réveilla et, d'abord surprise de se retrouver seule dans la pièce, sursauta tout à coup, cherchant tout autour d'elle :

— Gaïna ? Gaïna, où es-tu ?

L'ombre prit soudain plus d'intensité et emprunta la forme d'un bel homme d'âge mûr.

— Vous ! Que faites-vous ici ? Où est Gaïna ?

L'homme fit un geste vers la porte close et dit :

— Elle est sortie pour nous laisser seuls.

— Vous devez partir immédiatement. Si père vous trouve ici, il vous tuera !

— N'aie de crainte, ma belle Optima, il n'en fera rien. Il dort profondément, ainsi que tes frères et sœurs. Ne t'ai-je pas promis que je viendrais te rejoindre en plein cœur de la nuit ?

— Certes, mais je vous croyais rêveur. Comment imaginer que vous auriez l'audace de venir jusqu'à moi ?

— Je l'aurais fait autrement, mais ton père a perdu la raison et ne laisse plus personne t'approcher.

La jeune femme sembla se calmer et réfléchir :

— Il faut le pardonner, vous savez. Ce n'est pas sa faute, les augures ont révélé qu'un grand mal s'approchait et qu'il m'arracherait à lui.

— Je le comprends, Optima. Il a peur de te perdre et il craint les désirs qu'ont pour toi les hommes de Bretagne. Tu es, après tout, la plus belle des femmes de tout le pays.

La jeune dame, visiblement flattée, sembla alors plus détendue et attentive à l'homme :

— Je n'ai rien à faire des autres hommes de Bretagne, c'est avec vous que je veux vivre, mon seigneur.

Elle abandonna sa retenue et s'approcha lentement du bel homme pour se blottir dans ses bras.

— Depuis que je vous ai vu, ce jour-là, sur le pont du village, je n'ai plus de sentiment que pour vous. Je ne comprends pas pourquoi mon père vous refuse ; un homme de si bon rang, habile à la guerre et instruit dans les arts savants.

La jeune femme lui jeta un regard plein d'admiration et posa passionnément ses lèvres sur celles de l'homme. Après ce court interlude, elle continua :

— Mais comment avez-vous passé les gardes ? Avez-vous pris la forme d'une bête de la forêt ? Et comment avez-vous réussi à entrer sans réveiller toute la maisonnée ? Avez-vous lancé un de vos sorts de sommeil sur mes parents et sur nos gens ?

— Quelque chose comme ça, en effet, mais ne crains rien, je ne leur ai fait aucun mal… Et maintenant, il n'y a que nous deux qui ne dormons pas dans toute la Bretagne.

L'homme se débarrassa de sa tunique et de son chemisier, révélant son torse musclé et sa superbe constitution, à la suite de quoi la jeune femme et lui s'abandonnèrent à leur passion.

Merlin ressortit à ce moment de sa vision, ne désirant pas devenir voyeur des ébats de ses propres géniteurs. Il avait enfin réussi ce qui lui avait toujours été impossible : il avait surmonté le blocage de son propre intérêt et ainsi obtenu une vision claire des moments précédant sa conception. Il avait observé clairement les traits de son « père » et avait reconnu une version plus douce et plus agréable du seigneur Malteus qu'il avait rencontré dans le monde des ombres. Comment se pouvait-il que ce sombre personnage soit entré dans le monde des vivants et qu'il ait réussi à séduire ainsi sa jeune mère ? Merlin avait bien vu que l'homme ne s'était aucunement imposé à sa mère par la force et avait constaté que, plus jeune, Optima avait porté une grande affection pour ce visiteur de la nuit qu'elle semblait déjà bien connaître, d'ailleurs.

Merlin se laissa tomber pour le moment dans un sommeil réparateur, enfin libéré du poids de son projet et des efforts nécessaires à sa réussite. Il dormit profondément, sûr de sa sécurité derrière sa barrière magique, et secrètement heureux dans son for intérieur d'être un enfant de l'amour et non, comme il l'avait toujours cru, le fruit d'événements plus tourmentés.

2

Merlin se réveilla finalement et, après quelques étirements, il se leva et replaça ses vêtements. Il annula le sort d'interdiction placé sur la porte de la chambre, où il avait, la veille, utilisé ses pouvoirs pour enfin découvrir le secret de son origine. Au sortir de la pièce, Anise, la jeune femme que Merlin avait ramenée de son voyage en Hispanie, se tenait là, de toute apparence dans de bonnes dispositions :

— Anise, que fais-tu là ?

La jeune femme sourit à Merlin et s'approcha en baissant la tête. Bien qu'elle eût maintenant appris les rudiments de la langue bretonne, elle s'adressait en langue latine à Merlin, quand ils étaient seuls :

— J'ai appris que vous étiez ici et, puisque personne ne semblait pouvoir approcher, je suis restée là au cas où vous auriez besoin de quelque chose.

Merlin tendit la main et lui caressa gentiment le bras :

— Où est ton fils ?

— Il est en bas avec Charde. Elle est venue quelques fois me l'apporter…

Merlin comprit que c'était pour allaiter le jeune enfant. Il rit en lui-même ; la bonne Charde, la terrible matrone et la maîtresse de la maison de Cerloise, avait adopté l'enfant comme s'il était le sien et semblait s'adoucir en sa présence.

— Mais tu n'es pas restée là toute la nuit, au moins ?

— Toute *la* nuit ? Mais, mon seigneur, cela fait trois nuits que vous dormez.

Merlin fut étonné par les révélations de la jeune servante :

— Trois nuits ? Comment cela se peut-il ?

— Je ne sais pas, seigneur Ambrosium. Sans doute que les rites secrets que vous pratiquez dans la solitude vous ont coûté plus que vous ne le pensiez.

— Que sais-tu de ces choses, Anise ?

La jeune femme sembla embarrassée et évita Merlin du regard. Le seigneur des lieux la fixa avec attention et détecta la plus subtile des présences de magie chez elle. Rien pour l'alarmer, toutefois.

— Ne te tracasse pas trop pour moi, Anise, je vais bien. Allons, je reprendrai mes « rites secrets » un peu plus tard, mais, pour l'instant, j'ai une faim de loup !

Merlin prit la jeune femme par la main et se rendit avec elle aux cuisines pour y chiper un petit quelque chose à manger, comme il le faisait tout petit. Ensuite, il accompagna Anise pour voir comment se portait le jeune enfant qu'elle avait confié à une autre pour veiller sur lui ces derniers jours. Puis Merlin les reconduisit, elle et son fils, aux quartiers des serviteurs, pour qu'enfin la servante attentionnée puisse se reposer un peu à son tour.

Merlin passa les deux jours suivants à revoir et ressasser la vision de son passé et il en apprit encore plus sur les suites de la soirée où il avait été conçu. Grâce à son pouvoir, il lui fut révélé comment, le lendemain, tous ceux habitant le manoir de pierre visité en pensée avaient été déconcertés par les événements de la veille. En effet, il était apparu que la bourgade au grand complet avait été jetée dans le sommeil, cette nuit-là. Non seulement la vieille nourrice Gaïna n'avait pu expliquer à son maître comment elle s'était retrouvée en dehors de la pièce barrée, mais, plus grand mystère encore, tous les hommes, femmes et enfants des environs, comme les bêtes sous leur contrôle, avaient été plongés dans un sommeil en toute apparence enchanté.

À la suite de cette nuit bien étrange, des druides et des prêtres se déplacèrent de partout en Bretagne pour chercher à comprendre ce qui s'était passé. Il apparaissait que ce phénomène ne s'était pas limité à la seule bourgade de Moridunum que Merlin avait aperçue dans sa vision, mais que, comme le visiteur de la nuit l'avait affirmé à Optima, toute la Bretagne insulaire avait subi les effets d'un sommeil inexplicable. Des événements de léthargie collective similaires furent rapportés sur tous les territoires du pays. L'attention des investigateurs avait cependant porté sur la petite bourgade de Moridunum en Démétie, car seul à cet endroit quelqu'un s'était réveillé durant la nuit pour constater de ses propres yeux le sommeil général régnant dans la maison de son seigneur, avant de succomber à son tour à l'enchantement.

Les recherches se tournèrent enfin vers la jeune fille du seigneur des lieux, le roi Melius de Démétie, mais sa vieille et fidèle nourrice Gaïna avait fait disparaître toutes les traces de la nuit passionnelle des amants, et Optima se garda de révéler quoi que ce soit et elle feignit même ne rien savoir. Quelque temps après, toutefois, les signes de la grossesse de la jeune femme trahirent les pires craintes du roi, qui insista auprès de sa fille pour connaître l'identité du père de cet enfant. Optima ne dévoila toujours rien et, même cuisinée par les prêtres chrétiens envoyés par l'évêque de Londinium, elle continua de se taire. Devant une telle obstination, son père la chassa de son domaine et la fit enfermer dans une ancienne tour forte dominant le village du haut d'une petite colline. Des gardes y furent assignés et reçurent l'ordre de ne jamais lui adresser la parole. Elle n'eut même pas droit de garder la compagnie de Gaïna ; d'ailleurs, la vieille nourrice disparut et ne fut jamais revue de personne. Les prêtres furent les seuls visiteurs qu'eut la jeune femme et, chaque fois qu'ils se présentèrent devant elle, ils cherchèrent à forcer ses aveux. Optima refusa toujours.

Un jour enfin, au milieu de l'été, les premiers signes de l'enfantement se firent sentir et la jeune mère reçut le soutien nécessaire, alors que sages-femmes, druides et prêtres assistèrent à la naissance de celui dont les augures avaient annoncé un lien avec le Mal. Non seulement l'enfant naquit sans peine et sans douleur, mais, au contraire, l'expérience rappela à la jeune femme la nature exceptionnelle de cette nuit d'ébats.

L'enfant né, près d'un mois précoce, était beau et en bonne santé. Chacun procéda à maintes inspections pour repérer des cornes, un pied fourchu ou une queue de bête, mais on ne trouva rien de tel. Selon toute apparence, le poupon était normal.

Soulagée par ces circonstances heureuses, la jeune mère fut libérée de sa prison et resta quelque temps dans la tour, jusqu'à ce que l'intérêt général pour elle et l'enfant s'estompe. Optima réussit à survivre au mépris que la populace lui vouait à cause de sa faute présumée ou encore par jalousie pour sa grande beauté, grâce à l'amitié et à l'aide secrète de son cousin Manéhaut, ainsi qu'à la générosité d'un jeune druide. Ce dernier était resté après le départ des autres druides suivant l'accouchement pour remplir sa charge de protecteur et de guide, mais cela ne dura que peu de temps. Car, par un beau matin d'automne, une mystérieuse maladie se mit à faire mourir le bétail des environs de la bourgade et, naturellement, le mystérieux enfant « sans père » en fut tenu pour cause. Ce soir-là, Manéhaut vint retrouver la jeune mère et, grâce à une petite bourse d'argent offerte par l'eubage du nom de Teliavres, Optima, qui désirait maintenant porter le nom de Galdira, et l'enfant nommé Myrddhin quittèrent la bourgade de Moridunum avec lui pour de bon.

Merlin était maintenant satisfait de ce qu'il avait appris sur le passé et de l'aise avec laquelle il avait poursuivi la recherche des visions. Cette fois, elles étaient venues sans peine et sans l'épuiser comme la première fois. Il avait pu reconstituer les événements après sa naissance, il avait découvert le visage de ses parents et redécouvert celui de sa jeune mère et de son cher Manéhaut, le premier homme qu'il avait connu comme père.

Le jour suivant, il décida de se rendre auprès de son maître Teliavres à l'école des druides. Il insista, cette fois, pour y aller seul, sans garde. Il partit à cheval et, une fois à proximité, il débarrassa la bête de sa selle, pour ensuite confier sa monture «à la forêt» pour qu'il ne lui arrive rien. Il poursuivit son chemin à pied et arriva au milieu du groupe de jeunes gens qui participaient aux activités de l'école des druides des environs de Cerloise, juste au moment où ceux-ci prenaient le repas à l'heure du midi. Teliavres se tenait au milieu de ses élèves et des autres maîtres et, avec le groupe, la belle Galdira, qui avait décidé de passer un peu de temps à Cerloise auprès de sa confrérie druidique. En apercevant son visiteur, le maître druide se leva :

— Tiens, Petit Faucon, nous parlions justement de toi.

— Salutations, maître Teliavres, ainsi qu'à vous autres, maîtres…

Merlin se courba avec élégance pour montrer son respect à ses supérieurs de l'ordre lumineux. Enfin, il se tourna vers l'eubage Gerault et le salua à son tour d'une petite révérence :

— Salutations, Eubage.

Le jeune homme, visiblement touché, le salua à son tour, imité par les autres maîtres. Teliavres s'adressa alors aux plus jeunes :

— Voyez, mes enfants, même le puissant seigneur de Cerloise donne le respect qui est dû à ses supérieurs de l'ordre.

Le maître druide fit un clin d'œil à Merlin et continua :

— Ce respect vous sera rendu à votre tour quand vous aurez vous-même servi la collectivité et que vous aurez gravi les échelons de votre formation. Viens, Petit Faucon, assieds-toi près de moi et partage notre repas.

Merlin passa près de Galdira et lui jeta un petit regard souriant. Il continua son chemin, toutefois, et alla rejoindre le maître druide, car telle était la réalité de l'ordre : ici, Galdira n'était pas sa mère, mais bien une « druidesse » du rang de maître. Merlin prit une bouchée avec ses collègues et discuta longuement avec les jeunes et les moins jeunes.

Une fois le repas terminé, Teliavres demanda à Merlin de faire une promenade avec lui et invita l'eubage Gerault à les suivre. Après un moment de marche silencieuse, il prit la parole :

— Dis-moi, Petit Faucon, tu n'es pas venu ici pour te joindre de nouveau à l'école ?

Merlin se mordit la lèvre et répondit prudemment :

— Je crains que non, maître.

Merlin remarqua un échange subtil entre Teliavres et l'eubage. Il décida alors de raconter à ses deux collègues les derniers événements de sa vie et comment les hommes de sa troupe et lui avaient vaincu la terrible sorcière Mahagann. Les deux hommes lui posèrent quelques questions et, enfin,

Merlin leur révéla ce qu'il envisageait maintenant de faire. Il désirait partir à la recherche de l'ancienne dame du Lac, la mère de son amie Ninianne, comme le lui avait demandé le seigneur Rivanorr de BelleGarde dans une missive, et ce, dès les semaines suivantes. Le jeune druide devait cependant se rendre au préalable auprès du roi Uther, de même que dans une certaine bourgade de Démétie. Teliavres écouta attentivement et fut étonné par ce qu'il entendait :

— Quelle bourgade, Petit Faucon ?

— Moridunum, maître…

Cette fois, le maître druide ne trahit aucune surprise et ne répondit rien, se contentant d'acquiescer de la tête comme si cela lui était égal. Il invita enfin Merlin à aller retrouver la druidesse et ovate Galdira, car il avait des choses à discuter avec son eubage. Merlin prit donc congé et alla rejoindre sa mère, qui assistait de jeunes élèves dans la mémorisation de poèmes servant à retenir les leçons sur les arts qu'elle enseignait, soit les arts de la guérison. Elle vit son fils s'approcher et l'appela auprès d'elle :

— Viens, Myrddhin, nous sommes justement en train de réviser des leçons.

La belle Galdira appelait toujours son fils par son véritable nom breton et non par sa forme latine de « Merlinus », ou par son surnom « Merlin ». Le jeune homme fut invité à faire preuve de son savoir devant les jeunes rassemblés et à réciter les poèmes qu'il connaissait sur le sujet. Il prit place au sol et, après un moment de concentration préparatoire, récita ainsi pendant plus de trois heures consécutives, un après l'autre, les procédés, les recettes et les méthodes de conservation secrètes des arts de la guérison. Il le fit sans jamais faire la moindre erreur ou omission, jusqu'à ce que Teliavres et Gerault revinrent enfin. Le maître druide l'interrompit et s'excusa de devoir mettre fin à la superbe démonstration du jeune homme. Les autres élèves et les maîtres qui s'étaient rassemblés au fur et à mesure pour écouter le jeune prodige étaler ses vastes connaissances l'acclamèrent et le félicitèrent alors qu'il se levait et s'étirait, pour ensuite les saluer avec humilité et suivre son maître qui réclamait sa présence.

— Tu as une fois de plus volé la vedette, Petit Faucon. Même notre brave Gerault, ici présent, ne peut se vanter d'avoir déjà fait si belle prestation. N'est-ce pas Gerault ?

Le jeune eubage fit signe que non et adressa un petit salut respectueux et souriant à Merlin. Teliavres approuva et continua :

— Tu as fait bon usage de ton temps loin de nous… Mais je dois maintenant te demander de faire quelque chose pour nous prouver, une fois encore, ta loyauté.

— N'importe quoi, maître, répondit Merlin aussitôt.

— Ne parle pas trop vite, Merlin, ce que je vais te demander ne te plaira pas.

Le moment était grave ; Teliavres n'utilisait jamais le surnom « Merlin » sans que la situation soit très sérieuse :

— Nous avons décidé, les druides et moi-même, de te demander de ne plus voyager dans le monde des ombres. Il apparaît clair que ce monde a exercé sur toi une influence importante et nous craignons que celle-ci soit dangereuse à long terme.

— Je comprends, dit simplement Merlin. Et pour combien de temps désirez-vous m'imposer cette interdiction ?

Teliavres leva un sourcil.

— Pour le moment, du moins. Il nous faut envisager toutes les ramifications de ton intervention en ce lieu. Galdira ira d'ailleurs auprès du grand conseil de Carnutes l'informer de nos préoccupations.

— Je me plierai à vos désirs, maître. Y a-t-il autre chose ?

Le maître druide pesa ses mots un moment et annonça :

— Oui… Je veux aussi que tu me remettes l'ouïg.

L'eubage Gerault se tendit visiblement au ton impératif du maître, mais Merlin ne montra pas la moindre réaction.

— Quand cela ? demanda-t-il simplement.

— Tout de suite, Merlin, exigea Teliavres, tendant lentement la main, la paume ouverte.

À la grande surprise du maître et de l'eubage, Merlin récupéra aussitôt un superbe sac de couleur azur d'un pan de ses vêtements et y plongea la main pour en retirer un petit coffre qui dépassait nettement les dimensions originales du sac. Il remit le coffre à Teliavres en précisant :

— Je désirerais encore l'utiliser, maître, car je veux me rendre en Petite Bretagne et revenir le plus vite possible, et l'ouïg me serait très utile pour y arriver.

Teliavres retourna le coffre vers lui et l'ouvrit, révélant la sphère luminescente de couleur bleue encerclée d'incrustations métalliques. L'eubage s'étira le cou pour jeter un œil sur l'objet fascinant que tenait son maître, tout en ramenant à quelques reprises son regard sur le fabuleux sac fée que Merlin venait de leur faire voir. Teliavres se tourna vers Gerault un instant et referma le coffret pour le lui confier et lui commander d'un geste de l'apporter quelque part ; probablement à sa cabane. L'eubage salua ses confrères, puis s'exécuta. Les deux hommes continuèrent à marcher ensemble dans le silence, quand Teliavres marmonna silencieusement, plus pour lui-même que pour Merlin :

— Bien… Très bien…

Merlin n'insista plus pour récupérer le fabuleux ouïg. Il prit congé de ses collègues, le soir venu, et reprit le chemin de Cerloise. Rendu là où il avait laissé son cheval, il l'appela et, peu de temps après, sa monture revint vers lui, sale de s'être roulée un peu partout dans les bois, mais heureuse et bien repue de l'herbe de la forêt. Il lui remit sa selle et son harnais et remercia l'esprit de la forêt d'avoir pris soin de la bête. Il l'enfourcha ensuite et rentra rapidement à Cerloise.

3

Merlin passa les jours suivants à préparer son départ imminent. Ses plans avaient changé, maintenant que l'ouïg n'était plus en sa possession. Il avait envisagé, à l'origine, de se rendre directement en Démétie avec la sphère magique, qui lui permettait de retourner instantanément en un lieu déjà visité – ce qu'il avait fait, il y avait de cela quelques années –, afin de passer un peu de temps sur la côte de Démétie avec ses compagnons. C'est d'ailleurs de là qu'il avait franchi le voile des mondes et «passé par les ténèbres» pour y suivre la première fois son défunt ami Kennelec. Il aurait ensuite utilisé l'ouïg pour se rendre auprès du roi Uther, et ensuite il serait passé en Petite Bretagne auprès de ses amis des peuples ondin et fée, pour enfin revenir à Cerloise et entreprendre la recherche de la mère de Ninianne, la précédente dame du Lac. Mais il devait maintenant ajuster ses projets.

Merlin se rendit auprès de Sybran le Rouge pour lui faire part de ses nouvelles intentions. Il le trouva dans les quartiers de la forteresse qui servaient aux réunions :

— Ah, Sybran, te voilà ! Toujours à travailler, je vois. Tu as déjà mis fin à ton congé ?

— Nous aurons tout le temps de nous reposer durant le long hiver, Merlin.

— Je l'espère, mon ami… Ta sagesse éclaire comme toujours tous les questionnements.

Sybran ne fut pas dupe de ce compliment. Malgré son très jeune âge, Merlin était doté de la sagesse d'un homme mûr, cette rare sagesse qui repose chez les gens qui possèdent de très vieilles âmes, ou du moins une partie de celles-ci. Sybran connaissait bien les histoires et les rumeurs qui circulaient au sujet du jeune druide, et ses informateurs à travers la cité de Cerloise, y compris son neveu Tano, l'avaient mis au parfum d'informations encore plus secrètes : le vieux lancier se doutait maintenant de l'ascendance de Merlin. S'il voyait juste, le jeune homme possédait en lui une part de l'âme de la sage Galdira, ainsi qu'une parcelle de celle de son puissant père : le cadeau inéluctable que sacrifient les parents dans la création d'un enfant. Et parce que Merlin était né mâle, son père avait donné plus à sa création que sa mère. Donc, pour Sybran, Merlin avait déjà une formidable base sur laquelle il avait bâti le reste de son être. Il sourit tout de même au compliment courtois de Merlin et ajouta :

— Mais peut-être que tous ne se reposeront pas cet hiver ?

— Il est possible en effet que non. Je suis décidé à partir dès maintenant, mais je ne sais pas combien de temps durera ma quête.

Sybran s'approcha de Merlin et lui posa presque paternellement une main sur l'épaule.

— Je veux venir, alors. Je veux t'aider dans cette nouvelle entreprise.

Merlin regarda longuement son vieil ami, puis ses yeux s'égarèrent alors qu'il réfléchissait un moment :

— J'aurai sûrement besoin de toi, mais pas tout de suite. Tu te joindras à moi lors de mon retour du Sud.

Sybran opina de la tête et sourit au jeune homme :

— Je vais tout organiser, Merlin. J'aviserai les hommes de la troupe et je ferai préparer un navire pour un voyage automnal. J'ai d'ailleurs dressé ces rapports pour ton approbation immédiate et j'ai fait préparer tes bagages. Quand pars-tu ?

— Les plans ont changé, Sybran. Les druides m'ont retiré l'ouïg et je dois voyager léger.

— Tu vas voyager sous la forme d'un cheval ou d'un mouton, cette fois ?

Sybran avait déjà vu Merlin se transformer en cheval lors d'un séjour en Petite Bretagne. Il avait aussi appris que Merlin s'était métamorphosé en mouton pour attirer le monstre du lac Nis, cet été-là. Mais la question avait été posée avec un brin d'humour.

— Je vais prendre la forme d'un faucon et franchir les grandes distances qui me séparent de mes buts encore plus rapidement qu'en cheval.

— D'autant plus que personne ne cherchera à te capturer et à te garder pour lui. Imagine ! Un beau cheval seul et sans maître…

— Encore faudrait-il qu'on arrive à m'attraper, ajouta Merlin. Quelle surprise s'il réussissait !

Les deux hommes ricanèrent en imaginant le reste.

Un peu plus tard, cette même journée, la belle Galdira fit son entrée à Cerloise, précédée par la rumeur de son arrivée imminente. De nombreux attroupements de gens l'attendirent le long du chemin traversant la cité jusqu'à la forteresse, car beaucoup affectionnaient la veuve du regretté seigneur Aurèle Ambrosium et plusieurs lui vouaient un respect particulier vu sa vocation druidique. Elle échangea quelques paroles avec certains, tandis qu'elle touchait les enfants des autres pour que cela leur porte chance. Quelques personnes lui présentaient même des cadeaux à la hâte en désirant souligner leur joie de la savoir parmi eux. La druidesse garda tout le contrôle sur elle-même, mais Merlin, qui vint se joindre à la petite foule qui l'attendait à l'entrée de la forteresse, remarqua les subtils signes d'émotions qui marquaient les gestes et les attentions de sa mère. La gracieuse et belle Galdira avait toujours été respectée, et même crainte à l'occasion. Mais à Cerloise, en cette lointaine cité du nord de la Bretagne, elle se sentait aimée.

Une fois dans la forteresse et débarrassée des nombreux présents offerts par la populace et, exceptionnellement, par un artisan ou un bourgeois, Galdira se retrouva enfin seule avec son fils.

— Tu étais émue, je l'ai vu.

— Ils sont si gentils avec moi, Myrddhin. Je me demande parfois si j'ai bien fait de quitter Cerloise.

— Tu avais tes raisons, mais je soupçonne que c'est surtout parce que tu voulais me laisser toute la latitude que je pouvais souhaiter.

Elle ne répondit pas, mais son silence assura Merlin qu'il avait vu juste. Galdira se retourna et récupéra un sac que les domestiques avaient placé avec les autres colis sur une grande table. Elle l'ouvrit et dévoila une petite boîte que Merlin reconnut aussitôt : le coffret contenant l'ouïg.

— Maître Teliavres m'a demandé de te le remettre avec les instructions suivantes : il désire que tu saches que tu as une fois de plus prouvé ta loyauté envers le cercle des druides en le lui remettant sans délai. Il compte sur le fait que tu le rendras après en avoir fait l'usage dont tu lui as parlé. Au final, le droit t'est accordé de l'utiliser trois fois.

Merlin calcula rapidement ; un aller vers la Petite Bretagne, un retour sur l'île à la capitale du roi ou au bourg de Moridunum, et enfin un retour à Cerloise. Teliavres avait judicieusement évalué les besoins de Merlin, tout en imposant un léger défi au jeune homme pour tirer plein avantage de ses utilisations. Galdira poursuivit :

— Après cela, tu dois le lui redonner. Et je n'ai pas à te rappeler que tu as accepté de te plier à la demande du maître druide et que tu as promis de ne pas aller dans le monde des ombres.

Merlin dévisagea sa mère :

— Je suppose que cette dernière demande est de toi ? Comment pourrais-tu la connaître, sinon ?

Galdira se mordit la langue :

— Nous en avons tous convenu ensemble, Myrddhin, le cercle des maîtres, je veux dire.

— Je ne peux m'empêcher de croire que tu y as mis ton grain de sel, toutefois. Je connais tes mauvaises dispositions à l'égard de mes voyages auprès de père…

Galdira fut renversée par les paroles de son fils. Merlin lui-même s'étonna d'avoir nommé le seigneur Malteus ainsi, mais ses visions du passé l'avaient fait voir Malteus non plus comme un sombre étranger, mais plutôt comme un parent absent. Il sentait, malgré son bon jugement, un attachement certain pour le seigneur Noir. Galdira se maîtrisa rapidement et rétorqua avec vigueur :

— Comment peux-tu l'appeler ainsi ? Il nous a abandonnés et nous avons dû survivre seuls !

— Il ne nous a pas laissés seuls… mais ensemble, toi et moi.

Galdira peinait à rester debout et elle dut s'asseoir.

— Pourquoi parles-tu de la sorte ? Tu ne sais rien de lui…

— Non, c'est faux. Tu te rappelles la dernière fois que je t'ai demandé de me parler de lui ? Tu m'as dit de me servir de mon pouvoir et d'aller « voir » par moi-même… Eh bien, je l'ai fait !

Galdira retint son souffle un moment et se reprit. Elle demanda avec plus de contrôle :

— Et qu'as-tu appris ?

Merlin la regarda intensément et, s'approchant bien près de son visage, lui dit tout gentiment :

— Tout.

Galdira comprit, par son ton et l'intensité qui brillait en ses yeux, une intensité qu'elle reconnaissait pour l'avoir vue dans le regard de son père, que son fils Myrddhin avait fait l'impossible : il avait franchi la limite du temps qui avance sans détour et était retourné voir l'invisible passé. Et que vraiment il savait tout. Après avoir détourné la tête un long moment, Galdira trouva la force de regarder à nouveau son fils. Merlin l'interrompit avant même qu'elle ne parle :

— Il t'aimait aussi, à son étrange façon, affirma-t-il spontanément sur un ton d'une extrême douceur.

Ensuite, il se retourna et sortit, laissant sa mère seule à ses émotions, qui comprenaient un mélange de douleur, celui du poids de la culpabilité qu'elle avait porté toutes ces années, et de soulagement, car elle avait enfin la réponse à la grande question qui l'avait tiraillée depuis ces événements. Elle savait maintenant qu'elle n'avait pas été si naïve qu'elle l'avait craint.

Plus tard ce soir-là, Galdira alla rejoindre Merlin qui, après s'être rendu annoncer à Sybran qu'une fois encore les plans changeaient, préparait un départ pour le matin suivant. Il avait informé son homme de confiance qu'il désirait partir avec un de ses compagnons d'armes et il entendait convoquer Bredon pour ce faire. La mère de Merlin entra dans la grande salle du foyer accompagnée d'Anise, qui avait veillé sur elle ces dernières heures. Merlin sourit à la jeune femme ; une fois encore elle avait placé le service aux autres devant ses propres préoccupations. Galdira lui donna congé et lui demanda de venir la revoir avec son fils avant son départ. La servante se retira, souriante, heureuse d'avoir plu à son maître. La druidesse la regarda partir avant de tourner son attention vers son fils :

— Elle est amoureuse de toi ?

— Peut-être, mais elle en aime aussi un autre et ne sait pas comment me l'avouer. Elle cherche à satisfaire tous mes désirs, sans doute dans l'espoir que je sois clément si je viens à apprendre la chose.

Galdira, intéressée, voulut en savoir davantage :

— Qui ?

Merlin se leva en signe de respect devant sa mère, une maîtresse reconnue des druides. Il entama ensuite une clairvoyance pour «voir» si quelqu'un écoutait, penché sur une porte ou un mur proche de la grande salle. Lorsqu'il se fut assuré que personne d'autre que sa mère ne pouvait l'entendre, il répondit :

— Le chevalier Marjean.

— Mais Marjean n'est pas chevalier.

— Il le sera.

Galdira acquiesça, comprenant que Merlin savait cela de ses visions. Elle s'approcha de son fils et le prit doucement dans ses bras. Elle resta comme ça un moment et lui dit simplement :

— Merci, Myrddhin.

Et ensuite, ils échangèrent calmement sur cette nuit fatidique, qui s'était déroulée seize années et quelques mois plus tôt.

Il avait été décidé que le départ aurait lieu peu après le début du jour, un moment que les druides affectionnent beaucoup. Merlin n'apportait presque rien, car, en vérité, toutes ses affaires étaient rangées dans son sac magique. Bredon s'était rendu à la forteresse de Cerloise, la veille même, et emportait avec lui tout ce dont il avait besoin. Il menait un beau petit cheval sur lequel il avait placé les bagages de la dame Galdira, et qui lui servait maintenant de monture. Bredon avait fait fortune au service de Merlin et il s'était procuré les biens de son rang. Le brave homme était avant tout le sergent du seigneur de Cerloise depuis qu'il avait pris la place de Sybran, lui-même devenu capitaine de Merlin. Après avoir salué les gens de la maison rassemblés et attendu que Galdira dise au revoir à Anise et à son enfant, Merlin, Bredon et la druidesse s'éloignèrent sans trop attirer l'attention, devancés par Faucon qui, du ciel, s'assurait que personne ne les suivait.

Merlin avait appris la veille que sa mère désirait l'accompagner en Petite Bretagne, car elle avait des choses importantes à y régler. Elle espérait profiter du fabuleux ouïg et de la capacité de son fils à l'utiliser pour s'éviter un voyage long et pénible. Entre-temps, ses gens resteraient à Cerloise et la rejoindraient plus tard. Arrivé assez loin sur la route, Merlin mit un gant et rappela Faucon auprès de lui. Bredon offrit son bras à la dame Galdira :

— N'ayez crainte, madame, votre fils maîtrise bien cette forme de transport.

Merlin échangea un regard complice avec Bredon, qui saisit sa monture par le licol pour bien demeurer en contact avec elle. Le jeune druide invita ensuite sa mère à toucher son épaule de sa main libre. Il lança une transe de communication avec les bêtes pour les apaiser et les rassurer puis se concentra ensuite sur l'ouïg, qu'il tenait de sa main non gantée. La sphère de transport s'illumina sous son influence, les transportant tous instantanément dans les environs de Gesocribate en Petite Bretagne.

Remise de ses émotions devant la démonstration de l'extraordinaire pouvoir de l'objet de transport, Galdira se mit en route avec les deux jeunes hommes pour franchir la courte distance qui les séparait de la petite bourgade et de son campement romain. Merlin avait entre-temps pris soin de ranger l'ouïg et son coffret dans son sac fée. Une fois arrivé en sécurité au manoir Ambrosium, surmontant le grand village portuaire, il prit aussitôt congé de sa mère en lui promettant de repasser en Armorique bientôt. Merlin salua ensuite Bredon en lui demandant de se rendre au point de rencontre convenu, de l'autre côté de la mer de Bretagne, l'assurant qu'il y serait d'ici un retour de Lune, tout au plus. Et, semblant se diriger dans la mauvaise direction, soit vers les falaises surplombant la mer, Merlin s'approcha de l'escarpement et entreprit la transe de transformation qui le métamorphoserait en faucon. Bredon et Galdira, étonnés eux-mêmes par la direction prise par le jeune homme, virent bientôt deux petits faucons émerillons monter vers le ciel. Les oiseaux tournèrent une fois au-dessus du manoir et prirent ensuite la direction du levant. Galdira, un peu surprise, demanda :

— Sont-ce Merlin et Faucon ?

Bredon sourit à pleines dents, témoignant du prodige druidique, rempli de fierté complice devant les talents de son seigneur et ami.

— En effet, ce sont eux, répondit-il en regardant les faucons s'éloigner.

4

Merlin et Faucon avaient voyagé toute la journée lorsqu'ils arrivèrent enfin dans les environs de la fontaine de Barenton. Merlin-faucon atterrit avec assurance sur un rocher près de la fontaine enchantée, tandis que Faucon choisit de se percher au sommet d'un arbre. Le jeune druide prit un moment pour refaire ses forces et il se transforma ensuite de nouveau en homme, ses plumes redevenant les vêtements qu'il portait. Il regarda vers l'endroit où il sentait la présence de Faucon et, le repérant aussitôt, lui demanda en pensée de ne pas trop s'éloigner de la région. Merlin devait partir pour un long moment, mais il serait de retour avant le temps froid. Faucon n'avait pas d'inquiétude et, d'ailleurs, il ne pensait qu'à capturer son prochain repas. Le jeune homme s'approcha du bassin presque sec de la fontaine, qui à ce temps de l'année ne coulait plus, et appela d'une voix forte :

— Maître Barenton, où êtes-vous, mon ami ?

Il n'eut pas à attendre très longtemps. Le géant se matérialisa près de lui et s'approcha pour lui faire l'accolade :

— Maître Merlinus Ambrosium, c'est bien vous ? En entendant votre voix, j'ai fait dire aussitôt à la dame du Lac que vous arriviez.

— À la dame du Lac ?

— La *nouvelle* dame du Lac, votre amie Ninianne.

Merlin comprit. Le géant Barenton poursuivit tout de même son explication :

— Elle porte maintenant bien son nom de reine du peuple ondin.

— Son nom de reine ? reprit Merlin, intrigué.

— Vous verrez, mon jeune ami, vous verrez dans un moment.

Il sortit une belle pièce d'or et la montra au géant, qui gesticula par la négative, car Merlin n'avait plus à payer de droits pour boire de la fontaine magique. Il la rangea et sortit de son sac fée l'amphore d'arjenle pleine d'eau de la fontaine, qu'il avait recueillie au début de l'été précédent. En prenant une petite gorgée de l'eau encore fraîche et délicieuse, il sentit presque aussitôt ses effets, un calme et une vigueur agréables s'emparant de lui. Lorsqu'il eût rangé son amphore, Barenton plaça une de ses énormes mains sur la clef qui pendait de son baudrier et offrit l'autre à Merlin. Le jeune druide la saisit aussitôt et, bientôt, les deux hommes se trouvèrent transportés dans le fond du lac enchanté des ondins. Grâce à l'eau magique de la fontaine, Merlin pouvait respirer sans difficulté l'eau dans laquelle il baignait. Les deux comparses se rendirent à la nage jusqu'au palais de cristal qui brillait non loin de là et traversèrent la barrière magique qui empêchait l'eau d'entrer. Merlin connaissait la suite des choses à faire : il vida ses poumons dans l'impressionnante et drolatique explosion de brume qui accompagnait toujours l'expulsion de l'eau enchantée. Merlin suivit ensuite Barenton, qui, fidèle à lui-même, semblait pressé, dans les corridors qui menaient à la grande salle d'audience. Durant le court trajet, le jeune druide prit tout de même le temps de demander sur un ton moins formel :

— Et comment te portes-tu, mon grand ami ?

Le géant s'arrêta un moment, comme pour bien réfléchir avant de répondre :

— Je me porte à merveille, Merlinus. Et toi ?

— Je vais très bien aussi. Merci.

— Bien !

Et le géant reprit aussitôt sa marche rapide et pressée. Merlin n'insista pas. Ils passèrent ensemble les grandes portes de la salle d'audience du palais et Merlin aperçut son amie fée qui écoutait, assise sur son trône de nacre, le discours inaudible d'un ondin devant elle. Les deux visiteurs attendirent un peu à l'écart, pour ne pas déranger. Merlin ne put s'empêcher de contempler la magnifique jeune fée qui portait une tenue qui accentuait son importance et sa beauté. Sa superbe robe turquoise et un petit diadème argenté la rendaient encore plus agréable au regard que d'habitude, et le jeune homme ne put réprimer les sentiments que cette vision provoquait chez lui. Ninianne sembla s'en apercevoir et elle décocha un petit regard rapide du côté de son ami qui attendait patiemment.

Elle sourit légèrement et reporta son attention sur l'homme ondin devant elle. Quand enfin il eut terminé, elle le remercia et lui donna congé. Un autre ondin bien habillé se dirigea alors vers les deux hommes et leur fit signe de s'avancer. Barenton confirma ses intentions d'un regard à Merlin et s'avança pour annoncer de sa voix forte :

— Ma dame Vivianne, le seigneur Merlinus Ambrosium.

«Dame Vivianne», pensa Merlin. Voilà donc le nom de reine de Ninianne. Merlin s'interrogea alors qu'il s'avançait par réflexe vers celle qui siégait si magestueusement sur le trône. En langue bretonne, Ninianne pouvait vouloir dire plusieurs choses ; l'une d'elles était «celle qui vient de l'eau», ou encore «celle qui vient de l'onde». Mais Vivianne signifiait plutôt «celle qui vient de la mer», ou «celle qui vient d'un endroit de la mer». Peut-être ce nom revêtait-il un autre sens encore pour les ondins du Lac ? Il s'avança jusqu'à une distance respectable de la reine ondine et la salua avec grâce :

— Dame Vivianne, le peuple de Cerloise vous salue. On oublie facilement, Madame, je dois l'avouer, la beauté des lieux en votre présence.

Merlin n'exagérait pas. En effet, la magnifique salle d'audience aux reflets de nacre et de cristal et aux mille feux magiques ne s'éclipsait pas facilement à la seule présence d'une jolie femme. Ninianne la rendait seulement encore plus belle. La dame du Lac remercia ses conseillers d'un signe de tête et descendit les trois marches de jade blanc de la plate-forme du trône jusqu'à Merlin. Elle s'arrêta juste devant lui et attendit qu'ils soient seuls dans l'immense salle alors que Barenton et les gardes s'éclipsaient. Merlin se perdit dans le regard de sa belle, qui baissa timidement le sien, feignant une gêne peu habituelle. Enfin, elle parla :

— Merlin… Je suis heureuse de te revoir. Je dois encore écouter les comptes-rendus que mes gens me rapportent de tout le royaume, mais j'aimerais te voir seule à seul un peu plus tard… Je vais demander que l'on te trouve des quartiers et qu'on t'apporte à manger.

Merlin s'avança, mais à peine, et répondit :

— Je reste à ton entière disposition.

Il comprenait que, malgré les apparences, maintes oreilles étaient attentives à leurs échanges. Le jeune visiteur devait garder une attitude digne et respectueuse envers son amie qui était, avant toute chose, la reine de ce peuple fée :

— Mais comment dois-je t'appeler désormais, Ninianne ou Vivianne ?

— Comme tu le souhaites, Merlin, mais en ces lieux « dame Vivianne » serait plus approprié.

Les deux amis échangèrent un sourire complice.

— Dame Vivianne, donc. Mais peut-être serait-il plus judicieux que tu m'appelles seigneur Ambrosium, alors ?

— Peut-être, en effet.

Merlin et Ninianne se regardèrent longuement encore. La belle fée se mit à rire doucement et son ami

fut entraîné dans le sillage de sa joie partagée et envoû-
tante. Merlin recula d'un pas finalement et la salua
dignement, pour ensuite s'éloigner vers la grande
porte.

— Merlin !

Le jeune homme se retourna à la voix de Ninianne et
fut surpris de la retrouver tout près de lui alors qu'il la
croyait encore juste devant son trône. Elle plaça une
main sur son épaule et lui baisa tendrement le coin des
lèvres. La jeune reine recula ensuite en lui adressant un
sourire narquois, tandis que Merlin levait les yeux au
ciel en se retournant vers les grandes portes, qui
s'ouvrirent d'elles-mêmes à son approche. Il fut
immédiatement conduit aux quartiers qu'il avait déjà
occupés dans le palais, lors d'un précédent séjour, et,
après avoir mangé le petit repas qu'il y trouva, il
s'allongea pour se reposer un moment.

Merlin se réveilla lorsqu'on frappa à sa porte. Il alla
ouvrir et fut déçu de trouver Barenton, ayant espéré
qu'il s'agissait de Ninianne. Le géant lui demanda de le
suivre, car le seigneur Lac se trouvait dans le palais et
demandait le jeune homme devant lui. Il retourna
donc dans la salle d'audience et y retrouva Ninianne et
son père qui, cette fois, se tenait debout à côté de sa
fille assise sur le trône de nacre, plutôt que l'inverse. Il
se courba respectueusement devant ses hôtes et attendit d'être invité à parler. Le seigneur Rivanorr de
BelleGarde, que Merlin connaissait bien maintenant,
parla en premier :

— Il fait plaisir de vous voir, Merlin. Vous avez sans
nul doute remarqué que ma fille a pris la place qui lui
revient sur le trône de son peuple. Je suis moi-même

retourné à ma principale charge de seigneur de BelleGarde, le château fée dans les Nuées qui garde la porte menant en cette partie du monde.

Merlin, qui venait d'en apprendre un peu plus, interrompit d'une question involontaire :

— En cette partie du monde ?

— Ici même, au pays d'Armorique, Merlin, de même qu'en d'autres lieux...

— Et il y en a d'autres, de ces portes ?

— Bien entendu, mais cela sera le sujet d'une autre discussion.

Merlin afficha à nouveau un air attentif.

— Je disais donc que j'ai repris ma charge de gardien et que ma fille, ici présente, est maintenant reine de son peuple, poursuivit le seigneur Lac. Les révélations que vous nous avez faites et les recherches que les peuples ondin et fée ont effectuées ont forcé ces décisions. Si mon épouse est effectivement vivante, elle se trouve probablement sous l'emprise d'une terrible épreuve. On ne peut risquer qu'elle soit obligée de prendre des décisions qui s'avèrent préjudiciables à son peuple. Le haut conseil a donc décidé de remettre la couronne à son héritière légitime.

Merlin comprenait la décision et voyait combien elle avait dû être difficile à prendre. Le seigneur Rivanorr continua :

— C'est pourquoi j'ai fait appel à vous. Vous semblez posséder des pouvoirs extraordinaires et une bonne maîtrise sur ceux-ci. De plus, vous partagez une relation manifeste avec ma fille et elle a pleine confiance en vous. Vous êtes donc tout désigné pour poursuivre l'enquête sur la disparition de la précédente dame du Lac. Les ondins, les elfes et les lutins ont réveillé la méfiance des sbires du seigneur Ymir, et l'accès à son domaine leur est désormais interdit. J'ai bon espoir que vous saurez contourner ces difficultés.

Le seigneur fée fit un signe et un ondin apporta un objet sur un coussin ; il s'agissait du gros bouton de manteau qui avait permis à Merlin de découvrir la piste de la disparition de la précédente dame du Lac.

— Prenez-le avec vous et retrouvez la trace de la mère de votre amie. Quand vous l'aurez fait, nos peuples prendront le relais.

Merlin prit l'objet et le rangea dans une des poches intérieures de sa veste.

— Quand vous serez prêt, la dryade Bevède vous conduira jusqu'à l'endroit où l'objet a été récupéré et vous serez en mesure d'y entamer vos recherches.

Merlin acquiesça de la tête.

— Avez-vous des questions sur ce qui vous est demandé, jeune Ambrosium ?

— Une seule, seigneur Rivanorr. Quel est le nom de votre épouse, la mère de dame Vivianne ?

Le seigneur Lac remarqua le nom utilisé par Merlin pour désigner sa fille et approuva l'attitude de son jeune protégé.

— Elle se nomme Myripale Evianne Theanselan.

Merlin reçut son congé de dame Vivianne et de son père le seigneur Rivanorr et fut reconduit à sa chambre. Il fut surpris d'y retrouver l'ondine Azurale. Merlin récupéra aussitôt la perle de communication que lui avait confiée jadis la jeune ondine et la porta à son front avant de lui offrir. En portant à son tour l'objet magique à son front, elle «entendit» les paroles que Merlin avait confiées à la perle :

— Bonjour, Azurale. Il est bon de te revoir. Je veux profiter de ta présence pour te redonner ta perle de communication. Je te remercie de me l'avoir prêtée, elle m'a été très utile.

L'ondine sourit en entendant Merlin l'appeller par son nom, elle qui ne le lui avait jamais révélé. Elle maintint la perle à son front un moment et la lui rendit :

— Je suis heureuse d'avoir pu vous aider, maître Merlinus. Vous êtes bien aimable de vouloir me la retourner, mais je préférerais que vous la gardiez : je vous en fais cadeau. Lorsque notre reine a appris que je vous avais confié ma perle de communication, elle m'en a fait donner une autre.

L'échange se poursuivit :

— Non, je ne peux accepter, Azurale, ce cadeau est trop précieux.

— J'insiste, Merlinus. De plus, vous partez à la recherche de notre bienveillante reine mère. Vous en aurez peut-être encore besoin.

Merlin se laissa enfin convaincre et les deux amis échangèrent pendant un temps sur les événements qui s'étaient produits dans leurs demeures respectives depuis leur dernière rencontre. Après un moment, la jeune ondine mit fin à la discussion et fit signe à Merlin que quelqu'un approchait. Il ne comprit pas tout de suite pourquoi elle partait si vite, mais bientôt Ninianne apparut dans l'embrasure de la porte et repéra du regard Merlin qui l'invita à entrer. Les amis échangèrent peu de mots et, après une longue accolade, s'allongèrent ensemble. Merlin s'inspira des gestes tendres qu'il avait appris des visions de son père pour les mettre à profit dans ses contacts intimes avec sa compagne mi-ondine, mi-fée.

À son réveil, Merlin trouva, au pied de la porte de sa chambre, tout ce dont il avait besoin pour se rafraîchir et manger. Mais Ninianne n'y était plus, ayant seulement laissé une note à son attention, écrite en lettres latines sur un parchemin de vélin fin et qui se lisait ainsi :

« *Mon doux Merlin,*

J'ai l'obligation de mes charges dans le palais et je n'ai pu rester auprès de toi jusqu'à ton réveil. J'ai dû me rendre auprès de mon petit Lancelot et il m'attriste de ne pas pouvoir assister à ton départ du domaine du Lac. Je te souhaite bonne route et bon succès. Et j'attends ton retour avec impatience.

Ninianne »

Merlin se leva, alla se rafraîchir dans la pièce adjacente et retourna dans sa chambre manger un peu. Il se sentait étrangement bien et joyeux et, lorsqu'il aperçut un garde ondin qui passait en patrouille, il lui fit signe et s'adressa à lui à l'aide de la perle de communication :

— Bonjour, mon ami. Peux-tu me dire quelle heure il est au domaine du Lac ?

— Bonsoir à vous, Monseigneur. Il est presque la dernière heure du jour, la nuit va commencer bientôt, répondit-il.

Merlin était consterné : il avait passé plus d'une journée dans le domaine du Lac. Cela voulait dire près de vingt-cinq jours dans le monde normal ! Il remercia le garde, tourna les talons pour rassembler ses affaires et prit illico le chemin de la sortie du palais.

Ayant quitté le domaine du Lac, tout à côté de la fontaine enchantée de Barenton, Merlin scruta le ciel pour déceler la présence de Faucon, mais rien… Il ne sentait rien du tout. Il ne s'était jamais senti ainsi auparavant et commença à se rendre compte que quelque chose n'allait pas comme à la normale. Mais alors qu'il était absorbé par ses pensées, il aperçut une jeune femme à la peau verte qui avançait vers lui et il reconnut son amie, la confidente de Ninianne et du seigneur Rivanorr, Bevède la dryade.

— Bonsoir, Merlin. Je t'attendais justement. Le seigneur Lac m'a demandé de t'emmener quelque part.

— Bonsoir, Bevède. Pardonne-moi d'arriver si tard, ma chère amie, il fait presque nuit.

— Ce n'est pas grave, mais partons dès maintenant. Nous aurons tout le loisir d'échanger des nouvelles une fois sur place.

Elle invita Merlin à lui prendre la main et pénétra avec lui dans un grand arbre pour effectuer une série de passages extraordinaires d'arbre en arbre, à la manière des dryades. Merlin et Bevède durent s'arrêter de temps en temps et traverser à gué des petites rivières, car le voyage par les troncs et les racines devait se faire entre des arbres en contact direct. Les deux voyageurs arrivèrent finalement auprès d'un important cours d'eau et Merlin comprit qu'il s'agissait de la rivière où avait été retrouvé le gros bouton de manteau arraché à son ravisseur, le prince Ymir, par la dame Myripale, lors de son rapt.

5

Merlin et Bevède installèrent un bivouac à proximité des berges de l'affluent, la rivière Blanche. Merlin prépara un feu de bois mort et demanda à la jeune dryade ce qu'il pouvait faire pour ajouter à son confort. Alors qu'elle lui assurait n'avoir besoin de rien, Merlin perçut dans sa voix une grande tristesse.

— Qu'y a-t-il, Bevède ? Est-ce le feu qui te rend ainsi ?

Bevède lui sourit et, laissant échapper un long soupir, lui répondit :

— Tu es très perspicace Merlin… Le peuple dryade a de tous les temps été lié aux arbres, et le feu de bois est toujours pour nous une chose triste. Mais je te remercie d'avoir utilisé du bois de branches mortes plutôt que d'avoir volé ton confort à des arbres vivants.

Merlin entreprit aussitôt d'éteindre son feu, mais la dryade l'en empêcha :

— Ne t'en fais pas, Merlin, je comprends ce besoin.

— C'est moins un besoin qu'un réflexe, Bevède. Depuis quelque temps, le froid n'a plus la même emprise sur moi. Et pour ce qui est des branches de bois mort, sache que, pour les druides, il est impensable de détruire un arbre vivant pour son seul confort, sauf si c'est absolument nécessaire. Il est toutefois acceptable de faire du feu avec le bois si nul arbre sain ou vivant n'est sacrifié.

Merlin sortit un gros coffre de son sac fée et en extirpa une couverture qu'il offrit à sa compagne.

— Je n'ai nul besoin de cela, Merlin.

La jeune dryade se rendit près du gros arbre d'où ils étaient sortis un peu plus tôt et s'arrêta après avoir posé une main sur le tronc massif :

— Dors, Merlin. Le peuple dryade est nocturne. Je veillerai sur toi et me reposerai dans la sécurité du tronc de cet arbre.

Ensuite, son corps disparut, comme s'il avait été absorbé par l'arbre hôte. Merlin resta seul devant son petit feu et attendit que celui-ci se consume complètement avant de s'allonger sur un tapis de feuilles mortes. Sa cape magique restait étrangement inerte à ses commandements et il décida, toujours par habitude, d'utiliser la couverture qu'il avait offerte un moment plus tôt à son amie dryade.

Merlin ne parvint pas à trouver le sommeil rapidement. Il passa une bonne partie de la nuit à méditer à la manière druidique et lentement, très lentement, il sentit le pouvoir mystique renaître en lui et, avec celui-ci, sa cape sembla reprendre vie. Il réussit finalement à s'endormir et profita de quelques heures de repos.

Lorsqu'il se réveilla dès le début du jour, Merlin se rendit faire des ablutions au bord de la rivière et s'installa pour prendre un goûter de nourriture sèche emportée dans son sac fée, précisément pour de telles occasions. Bevède se matérialisa devant «son» arbre et vint se joindre à lui. Lorsque Merlin lui offrit de partager sa collation, la jeune dryade choisit quelques noix et quelques petits fruits séchés parmi ceux qu'il lui offrait. Le jeune druide se rendit ensuite près de la rivière et adopta une position assise sur le sol sec pour détecter si une impression y avait été laissée : la conséquence d'un événement qui provoque une forte empreinte psychique, comme l'enlèvement brutal de la dame Myripale par le prince Ymir. Son énergie maintenant presque entièrement récupérée, Merlin entra dans une profonde transe qui l'amena par l'esprit dans tous les objets l'entourant. Il pouvait ainsi ne faire qu'un avec un rocher, une souche engloutie, une trace laissée dans la boue de la berge, et capter les souvenirs emmagasinés dans ces objets.

Merlin revint à sa propre perspective et fit une pause pour récupérer le gros bouton de manteau du prince Ymir, puis il retourna dans la profondeur de la transe. Grâce à l'impression de l'objet et à son union parfaite avec les choses autour de lui, il réussit à ouvrir une brèche dans l'énergie emprisonnée dans l'espace invisible du lieu. Une vision lui apparut alors et il put constater la manière dont le terrible géant avait surpris la reine des ondins, alors qu'elle se reposait sur la rive de la rivière Blanche. L'énorme géant, haut d'au moins deux fois la longue lance du chevalier Galegantin, avait maîtrisé la reine ondine avec force et l'avait violemment subjuguée afin de l'emporter vers ce qui ne pouvait être que son domaine. La vaillante dame s'était débattue avec vigueur et avait contre-attaqué avec une magie puissante, mais, au final, le terrible géant avait résisté à ses assauts et s'était imposé avec sa force titanesque et sa grande résistance à la souffrance. La dame Myripale avait alors arraché un des gros boutons du manteau du géant et y avait investi un puissant message magique avant de le doter d'un sort temporaire d'occultation.

Inconsciemment, Merlin serra encore plus fort le gros bouton dans sa main, ce qui ne l'empêcha pas de libérer son message caché. Il reçut alors, sous la forme d'un souvenir, la vision d'une magnifique femme ondine aux cheveux rouges comme le feu et entendit sa douce voix dans son esprit :

« Vous qui avez trouvé cet objet êtes la seule personne qui peut me venir en aide. Apportez ce bouton de manteau aux ondins du Lac et vous serez récompensé. Si toutefois vous avez en vous la puissance nécessaire pour suivre le marqueur magique dont j'ai investi le bouton, car, après tout, vous avez réussi à ouvrir ce message occulté, venez à mon aide. Le fourbe prince Ymir, seigneur des glaces d'Hyperborée, m'a enlevée et s'apprête à m'emmener dans son domaine. Ami que je ne connais pas encore, je vous conjure de me venir en aide. Je vous serai éternellement reconnaissante. »

Puis la vision se dissipa. Merlin retourna à l'état de conscience normal et ouvrit enfin les yeux. Il relâcha la pression de ses doigts sur le gros bouton de manteau qu'il avait dans la main et réalisa qu'il l'avait très fortement serré, car il ressentait la tension musculaire résiduelle dans son avant-bras.

Merlin se leva et sentit qu'il avait épuisé la réserve d'énergie à sa disposition pour l'instant. Après être retourné auprès de Bevède, qui l'attendait près d'un grand saule, pour l'informer de ce qu'il avait découvert,

Merlin lui annonça qu'il se rendrait vers le nord pour regagner la côte, car il devait maintenant aller en Bretagne rejoindre un de ses compagnons. Il avait décidé de poursuivre la recherche de la dame lui-même et comptait sur sa troupe de Bretons pour l'assister dans sa quête.

— Pars auprès du seigneur Rivanorr et informe-le de mes nouvelles intentions, je te prie.

— D'accord, Merlin. Mais dis-moi, as-tu l'intention de te rendre à la côte en marchant ?

— Je crains de ne pas avoir le choix, Bevède… Mon pouvoir semble être au plus bas, ce que je ne peux m'expliquer pour le moment.

— Alors, laisse-moi t'aider encore, Merlin, avant que je ne retourne au portail de BelleGarde.

La dryade invita Merlin à rassembler ses affaires et le conduisit tout au bord de l'eau. Elle lui offrit sa main et s'abaissa sur ses talons pour mettre l'autre main dans l'eau claire.

— Prépare-toi !

Aussitôt, Merlin et la dryade furent transformés en une forme indistincte d'énergie et transportés à travers l'onde. Ils y voyagèrent à une vitesse vertigineuse, de particule en particule d'eau, jusqu'à ce qu'ils ressortent de la rivière et se matérialisent entièrement, à peu de distance d'une bourgade près de la côte. Merlin en fut tout émerveillé :

— Qu'est-ce que cela, Bevède? Je croyais que ton peuple ne pouvait voyager que par les arbres et les plantes...

— C'est un prodige que m'a enseigné Ninianne. Il s'agit de la manière dont voyagent les plus puissants ondins. Mais on ne peut aller plus loin de cette manière que le cours d'eau lui-même. Une chute, un changement important dans la composition de l'eau, ou encore l'eau salée de la mer arrêtent invariablement le voyage. De plus, cette variante du transport mystique est beaucoup plus exigeante pour moi que le passage par les branches et les racines. Je dois maintenant prendre congé de toi, Merlin, et retourner me ressourcer dans un arbre.

Merlin accompagna la dryade visiblement épuisée jusqu'à un grand feuillu non loin et lui dit:

— Merci pour ce sacrifice, Bevède, je ne l'oublierai pas. Repose-toi maintenant, puis rends-toi vite auprès du seigneur Rivanorr et de dame Vivianne.

— Il m'a été agréable de pouvoir te venir en aide, Merlin. Bon succès dans la suite de tes recherches et bonne route.

Et la jeune dryade qui ne tenait presque plus debout mit une main sur le tronc qui se dressait à ses côtés et se dématérialisa. Merlin resta un moment songeur devant l'arbre quelque peu isolé des autres et se demanda comment la dryade pourrait se défendre contre un humain insouciant qui viendrait l'abattre pour son bois, et combien de dryades avaient été ainsi surprises dans le passé.

Merlin se dirigea vers la bourgade, un peu plus grande qu'un gros village, et y prit logis auprès d'un aubergiste. Il apprit qu'il se trouvait dans la région qui faisait partie du domaine de l'ancien roi Ban de Bénoïc, maintenant sous le contrôle de son ami le roi Gonstan, au nom du roi de Bretagne. Préférant rester incognito, il prit bien soin de ne pas se faire remarquer. Après quelques jours de repos, Merlin trouva passage sur un petit navire vers la côte de la Bretagne insulaire. C'est alors que, juste au moment où il allait s'embarquer pour la rive opposée de la Manche, le cœur lourd de devoir quitter si rapidement l'Armorique, pays de son enfance, Faucon apparu dans le ciel et lança sa familière réclame. Il avait enfin retrouvé son ami. Merlin savait que cet étonnant hasard était pour lui de bon augure, et la traversée en fut des plus agréables. Par bonheur, son compagnon volant l'avait rejoint juste au moment de partir, car les habitants de la bourgade auraient sans doute reconnu le jeune seigneur si Faucon avait été repéré plus tôt.

Merlin arriva le soir même dans la Bretagne insulaire et il trouva facilement un endroit pour passer la nuit. Les gens de l'île devaient être prudents en raison des guerriers saxons et des pirates francs qui maraudaient constamment le long des côtes, mais un Breton armé éveillait plutôt leur bienveillance que leur méfiance. Après avoir profité de l'hospitalité de ses hôtes, Merlin prit congé d'eux et leur offrit un petit dédommagement pécuniaire. Il s'éloigna de la zone habitée et emprunta une fois encore la forme d'un faucon pour arriver le plus rapidement possible à la cour du roi Uther. Merlin se sentait de nouveau «fort» de son pouvoir et il avait fait le choix de garder les deux utilisations de l'ouïg lui restant pour de plus grandes nécessités. Comme prévu, il arriva avant la mi-journée dans les environs de la capitale du haut roi Uther : Camelot.

Alors qu'il approchait de la forteresse royale, son oncle Uther Pendragon, avisé de son arrivée par un vigile, se rendit lui-même l'accueillir. L'impressionnant chevalier devenu roi de toute la Bretagne lui offrit un accueil des plus chaleureux et d'une gentillesse étonnante. Merlin comprit immédiatement que son oncle avait oublié leur différend et qu'il était heureux d'avoir son unique neveu venir lui présenter ses hommages et l'assurer de son soutien :

— Par Dieu, Merlinus, il fait bon de te voir ici ! Je ne peux pas te dire à quel point ta présence influencera les seigneurs récalcitrants.

— Je n'en ai point de doute, mon oncle.

Bredon arriva à son tour, à la suite du haut roi, et Merlin salua son ami avec joie. Uther enchaîna :

— Quand ton homme de confiance nous a annoncé que tu arriverais bientôt, j'ai fait préparer des quartiers pour vous accueillir.

Le roi profita pleinement de la présence de son neveu et lui demanda des nouvelles de ses dernières aventures. Bredon avait passé par les mêmes questionnements, mais Uther, par courtoisie de même que par intérêt, lui fit raconter ses exploits devant les quelques seigneurs présents encore fidèles à lui. Merlin se prêta aux caprices d'Uther et lui rendit les hommages nécessaires devant toute sa suite. Plus tard, le jeune visiteur demanda à Bredon si Galegantin se trouvait dans les environs :

— Dans les environs, oui. Mais le chevalier Galegantin refuse de prêter de nouveau hommage au haut roi.

— Comment ? Mais pourquoi donc ?

— Je ne peux parler pour lui, mais il m'a demandé de te dire qu'il t'attend et désire te voir au plus vite. Il campe non loin d'ici dans un petit manoir avec Marjean.

— Marjean a déjà été fait chevalier par lui, donc.

— Oui. Mais comment l'as-tu appris ?

Merlin lui sourit et évita de répondre. Il réfléchit ensuite à la manière dont il allait approcher son ami Galegantin sans trop offusquer son oncle, le roi.

Après quelques jours à la cour royale, Merlin informa Uther de ses intentions, et celui-ci se fâcha visiblement :

— Quoi ? Tu veux aller rejoindre ce traître !

— J'aimerais voir si je peux le convaincre de rejoindre notre cause.

Le haut roi réfléchit un moment.

— Peux-tu voir l'avenir pour moi, Merlin ? Les seigneurs bretons vont-ils me trahir et se retourner contre moi ?

Merlin se concentra et entra en transe méditative. Tous retinrent leur souffle alors que le jeune druide scrutait de son œil intérieur le futur incertain. Lorsqu'il sortit de sa méditation, il s'accorda un petit délai volontaire pour augmenter la portée de ses paroles, avant de répondre enfin :

— Je ne peux qu'affirmer que les chevaliers Galegantin et Marjean seront à tes côtés jusqu'à la fin.

Partiellement soulagé, le haut roi Uther, fort éprouvé par ces temps difficiles, donna alors son accord à la rencontre.

Merlin partit aussitôt avec Bredon pour se rendre auprès de ses amis. La vue de Faucon dans le ciel annonça l'approche des deux hommes, et les chevaliers Galegantin et Marjean vinrent à leur rencontre. Les compagnons se retrouvèrent et Merlin s'empressa de saluer le nouveau chevalier :

— Marjean, mon ami, comme tu fais un beau chevalier !

— Mille mercis, Merlin. Il est bon de te revoir.

Après quelques familiarités, les quatre hommes échangèrent finalement sur les différends qui opposaient les chevaliers et le haut roi, de même que sur les causes profondes du mécontentement des seigneurs. Il semblait qu'Uther ne s'occupait plus vraiment des choses de la Bretagne. Merlin conseilla ses amis et chercha à les convaincre de le suivre pour se rendre auprès du haut roi avec lui. Galegantin tonna :

— Jamais ! Ce roi est fou et va nous conduire directement à notre perte ! Il a pris la femme de Gorlais et maintenant rien ne compte plus pour lui que son nouveau-né, celui que l'on surnomme « l'ourson ». La Bretagne brûle de nouveau sous les attaques des

Saxons et il ne fait rien. La Petite Bretagne s'est déjà soulevée contre lui…

Merlin coupa :

— Pas toute la Petite Bretagne. Tu oublies que la partie sous ma domination lui est toujours fidèle. Et jamais le roi Gonstan ne s'opposera à lui en bataille.

Le chevalier Marjean s'interposa :

— Pourquoi lui es-tu aveuglement fidèle, Merlin ? Vois-tu quelque chose qui échappe aux autres et qui justifie une telle loyauté ? Dis-nous tout de suite que oui, et nous suivrons ton conseil. Car si Galegantin et moi doutons de lui, nous ne doutons nullement de toi.

Merlin prit ses amis par le bras et les rassura :

— Certes, il est mon oncle. Mais je suis absolument certain qu'il faut rester fidèle à Uther. Si vous me faites confiance, venez avec moi et rendez-lui hommage. Je ferai le nécessaire pour qu'il n'ait aucune emprise sur vous.

Les amis se mirent enfin d'accord et entreprirent de retourner ensemble pour se rendre devant le haut roi de toute la Bretagne. Uther Pendragon accueillit les hommages avec tiédeur, mais il en fut visiblement réjoui tout en étant fort impressionné par le succès de son neveu. Plus tard, il le reçut seul pour lui témoigner sa gratitude :

— Tu as une fois encore prouvé ta loyauté au nom Ambrosium, Merlin. Fais-moi honneur et porte-le de nouveau. S'il m'arrivait quelque chose, j'aimerais savoir que tu prendrais tes droits et que tu serais là pour assurer l'avenir de mon fils, ton cousin.

Merlin prit un moment et répondit d'un simple signe de tête par l'affirmative.

— Excellent! s'exclama le roi. Mais dis-moi, mon neveu, quels sont tes projets, maintenant?

Merlin lui expliqua qu'il se rendait au pays de Galles, dans une bourgade de Démétie et qu'ensuite il se lancerait à la recherche d'une reine d'Armorique captive. Le roi l'encouragea à lui en dire davantage, mais d'abord il l'invita ainsi que ses compagnons à se joindre à son cortège qui s'apprêtait à partir sur la route du couchant, en direction de la forteresse de Tintagel.

6

Le cortège royal prit d'abord la direction de l'ancienne forteresse romaine de Caerleon sur une belle voie pavée qui, en ce temps de l'année, donnait toute la mesure de la beauté de cette partie de la Bretagne. Que ce soit les petites rivières sinueuses, les belles forêts ou les plaines verdoyantes, tous les paysages sous la belle lumière de l'automne rendaient la procession agréable et apaisante. Nulle embûche ne vint gâcher ces jours de voyage et de quiétude ; la puissante cohorte de l'armée des Ambrosium qui voyageait avec eux y était sûrement pour quelque chose.

Merlin en apprit plus sur les troubles qui s'abattaient sur son beau pays, ainsi que sur les désordres qui ravageaient les restes de l'Empire romain d'Occident. Une crise majeure secouait les bases du pouvoir de Rome sur les tribus germaniques, ce qui était à l'origine de fractionnements de plus en plus importants du grand empire. Dans les faits, on ne pouvait presque plus parler d'Empire ; il ne restait plus qu'une mosaïque de petits royaumes, les uns faisant la guerre aux autres pour obtenir plus de terres et d'influence. La Bretagne avait été au-devant de ce fractionnement, et les troupes romaines régulières l'avaient quittée depuis fort longtemps. Pour le moment, le mécontentement des seigneurs bretons reposait essentiellement sur l'apparente indifférence du haut roi Uther pour la reconquête des terres perdues par les tribus bretonnes aux mains des usurpateurs. Les seigneurs bretons avaient cru que le nouveau roi se serait tout de suite lancé dans une campagne de batailles contre les envahisseurs et qu'il aurait restauré les anciens royaumes annexés par les Germains saxons et les pirates scotts d'Eire. Mais il passait plutôt son temps auprès de sa nouvelle flamme Ygerne et de son fils.

Quand Merlin demanda au haut roi pourquoi il n'avait pas poussé plus avant la reconquête, Uther lui expliqua qu'il était plus important pour lui d'assurer les bases solides du pouvoir breton et de ses institutions d'influence romaine. Car la crise au sein de l'Empire allait éprouver les fondements mêmes de la société et il n'était pas sage pour lui de vider les coffres du royaume dans les guerres et de diviser les seigneurs dans la discorde sur les priorités.

— Mais c'est précisément ce qui se passe, mon oncle. Les grands seigneurs sont insatisfaits et la discorde règne.

— Les seigneurs ne pensent qu'à eux-mêmes. Ils voudraient que je mette toute la puissance de mon armée dans la résolution de leurs petites crises personnelles, qui justement se résument à des querelles entre eux. Je dois penser à aujourd'hui, ainsi qu'à demain. Si on suit le chemin qu'ils se sont tracé, il n'y aura plus un sou pour défendre le royaume lorsqu'une grande invasion aura lieu. Gouverner, c'est choisir, Merlin. Et je choisis pour l'instant de rester prudent.

Merlin s'étonna des mots prononcés par le grand chevalier, jadis considéré comme le plus impétueux des guerriers de Bretagne. Il avait bien changé. Comment cet homme, qui était prêt à défendre son honneur au combat au moindre regard de défi, pouvait-il être devenu si passif et prudent? Son neveu se demanda si Uther n'avait pas versé une grande partie de lui-même dans ce nouvel enfant duquel on parlait tant. Peut-être qu'il y avait aussi sacrifié sa fougue.

Merlin suivit le haut roi sur la route de Tintagel et y entra avec lui et sa suite au bout de quelques jours seulement.

Tintagel n'avait pas changé depuis sa dernière visite et Merlin la scruta avec un léger sentiment de tristesse en pensant à son ancien ami, le seigneur Gorlais. En passant le pont qui traversait un col rocheux vers la forteresse insulaire imprenable, Merlin s'arrêta à l'endroit où le duc Gorlais de Tintagel avait trouvé la mort quand sa monture l'avait jeté en bas de la falaise. Il avait vu toute la scène par les yeux de Faucon, ce qui l'avait hanté longtemps. Près du lieu fatidique, Merlin adressa une petite prière silencieuse au brave homme et lui demanda pardon. Alors qu'il se recueillait, le jeune druide se sentit soudainement épié. En tournant son regard dans la direction d'où il se savait observé, il remarqua une jeune fille aux cheveux châtain roux d'une grande beauté et, juste à côté d'elle, une autre personne qu'il crut reconnaître:

— La sœur de Ninianne? lâcha-t-il tout haut, malgré lui.

— La sœur de qui? demanda Galegantin.

Merlin se tourna un moment vers le chevalier, mais quand il reporta son regard vers les jeunes femmes sur le haut des murs de la forteresse, la sœur de Ninianne avait disparu. Croyant avoir eu la berlue, il répondit à son ami :

— Heu ! non… non. Je croyais avoir vu quelqu'un, mais…

— Allez, Merlin, ne reste pas planté là ! cria le haut roi Uther à son neveu.

Merlin commanda enfin la monture qui lui avait été fournie par le roi en direction de la forteresse et il y entra. Mais il ne pouvait s'empêcher de se demander pourquoi il avait eu une vision de la sœur de son amie Ninianne, un instant plus tôt. Cela ne semblait pas être un bon présage…

— Il t'a vue.

— Ce n'est pas grave, répondit la jeune fée.

— Mais tu m'as dit que personne ne pouvait te voir.

— Je t'ai dit qu'aucun humain ne pouvait me voir. Ce Merlin a quelque chose de plus qu'il n'y paraît.

La jeune fille de la dame Ygerne et du défunt seigneur Gorlais retourna à l'intérieur, suivie par sa nouvelle amie fée.

— On dit qu'il est le fils de mon oncle Manéhaut et de sa cousine ; celle que l'on nomme maintenant Galdira, raconta la jeune Morgane. Mais ma mère prétend qu'il est plutôt le fils d'un démon venu du plus profond de l'enfer.

— Cette origine expliquerait peut-être pourquoi il a pu me voir malgré mon sortilège d'occultation. Il a déjà réussi à me remarquer par le passé… Mais je croyais à cette époque qu'il n'était qu'un simple humain.

— Un simple humain… Comme moi, tu veux dire? demanda la jeune fille, attristée.

La fée aux cheveux noirs s'avança vers elle, la prit dans ses bras et lui dit tendrement:

— Non, Morgane. Toi, tu es très spéciale, la plus spéciale de toutes les filles de Bretagne.

En lui rendant la tendresse que la fée lui témoignait, Morgane ajouta:

— Tu as vu, Merlin s'est arrêté juste à l'endroit où mon père est tombé de la falaise. Et il semblait se recueillir un moment en prière.

— Ne sois pas dupe de son geste. Merlin est sage et certes très savant, mais j'ai perçu un sentiment de culpabilité le traverser. Décidément, il nous cache quelque chose, ce jeune Ambrosium.

Dès leur arrivée dans la salle de réception du château, Uther fit appeler Ygerne et son fils. La dame se présenta après un court délai, car il avait fallu chercher sa jeune fille à travers tout le château, afin qu'elle l'accompagne et vienne rendre respect à son père adoptif. Merlin et les autres chevaliers saluèrent chaleureusement l'épouse du roi, la plus belle femme de Bretagne après la mère du jeune seigneur de Cerloise. Merlin s'approcha ensuite de Morgane, mais ne décela aucune manifestation de la présence de la sœur de Ninianne. Celle-ci avait en effet pris soin de ne pas accompagner sa jeune amie auprès du roi. Merlin observa un moment Morgane, chez qui brillait déjà un pouvoir mystique supérieur à celui de sa mère Ygerne, et ce, malgré son jeune âge et son manque d'enseignements.

— Bonjour à toi, Morgane. Je suis Merlinus Ambrosium. Nous nous sommes rencontrés, il y a de cela quelques années.

— Bonjour, messire Merlinus, je m'en souviens bien. Vous êtes passé au château de mon père avec votre troupe. Vous avez partagé des recettes avec ma mère et celle du roi Marc.

Merlin comprenait bien qu'elle voulait dire par des mots judicieusement choisis qu'elle savait qu'il avait partagé les secrets de la fabrication de philtres et de potions avec ces dames.

— Tu peux appeler le seigneur Merlinus «mon cousin», ma petite Morgane, lui proposa la dame Ygerne. Merlinus est le fils de Galdira, ma cousine.

Ygerne présenta ensuite son fils, le fruit de la première nuit passionnelle entre le roi Uther et elle. Merlin jeta alors son regard sur l'enfant dont il avait contribué à la création. Le jeune druide fut envahi par une forte impression, sentant le sol trembler sous ses pieds et la puissance du dragon en lui se réveiller. La pièce sembla devenir blanche de lumière tout autour et il n'entendit plus les voix des autres gens à proximité. Il avança la main et toucha l'enfant sur le front et la joue, et fut aussitôt transporté par une étonnante vision du futur : un jeune homme aux cheveux châtains lui tournant le dos et portant une armure identique à la sienne, de même qu'une épée rutilante et étrangement familière. Le fier guerrier se retourna lentement alors qu'une main, celle de Merlin, se posait sur son épaule. Le jeune homme était souriant et ses yeux brillaient… La blancheur de la vision s'effaça et Merlin revint à son état normal.

— Il sera roi, murmura-t-il alors.

— Que dis-tu ? cria Uther Pendragon, le visage illuminé, en se lançant comme un fauve vers son épouse, son fils et son neveu.

Il tourna rapidement autour de Merlin et, le saisissant par les épaules, lui demanda :

— Que viens-tu de dire, mon neveu ?

Merlin se retourna vers Uther qui avait les yeux grand ouverts et le visage empreint d'une joie débordante :

— J'ai dit, mon oncle, il sera roi. Haut roi de toute la Bretagne et plus encore…

Le roi Uther ne tenait plus en place. Il demanda d'abord à tous les gens présents de jurer de garder le silence sur ce que Merlin venait de révéler. Il exigea que chacun jure sur tout ce qu'il possédait, titres, biens et fonctions, que s'il trahissait le secret, il en serait quitte d'en être dépossédé… de même que de sa vie. Une fois satisfait de la promesse de chacun, le roi commanda un grand festin pour célébrer l'événement. Tous les gens de la forteresse furent les témoins de cette faste célébration du bonheur du haut roi Uther, sans savoir toutefois pourquoi il y avait fête.

Merlin profita bien de la bonne humeur et de la générosité de son oncle, mais après quelques jours, voyant la saison fraîche s'avancer, il lui demanda congé. Il réclama aussi que les chevaliers Galegantin et Marjean l'accompagnent dans sa nouvelle mission. Uther, toujours au comble du bonheur, donna aussitôt son accord. Après tout, Merlin, qui l'avait informé partiellement de ses intentions, partait à la recherche d'une reine de la Petite Bretagne. Et même si cela n'était pas tout à fait exact, il était naturel que le haut roi apporte sa contribution et envoie de ses chevaliers servir cette noble cause. Merlin et ses compagnons prirent donc un navire offert par Uther et furent conduits directement de l'autre côté de la baie d'Isca, sur la côte sud de Démétie.

Les quatre compagnons se dirigèrent ensuite vers le nord, sur la rivière Towi, et arrivèrent dans la bourgade adjacente au fort de Moridunum, dans la soirée du deuxième jour. Les hommes cherchèrent à entrer dans la petite ville murée pour y trouver logis et, après l'annonce de leur nom et titre, on les admit dans l'agglomération et les conduisit à une auberge.

Malgré les ténèbres montantes, Merlin remarqua tout de même une petite tour de garde abandonnée, dominant la ville du sommet d'une colline tout près. Et il ne put s'empêcher de penser que c'était peut-être là le lieu de sa naissance, comme il l'avait vu dans sa vision.

7

Le lendemain, juste après l'aube, les hommes entreprirent d'explorer la bourgade de Moridunum d'un bout à l'autre, ce qui eut tôt fait d'attirer l'attention du roi local, le seigneur Mendas. Il envoya un de ses plus fidèles guerriers auprès de la troupe pour les inviter au manoir qui s'étendait juste au-delà des murs du bourg, dans sa propre enceinte fortifiée. Le jeune guerrier avait l'allure taciturne des gens de ce pays et il ne montra aucun signe d'intimidation devant les deux chevaliers, le seigneur de Cerloise et son homme de main, Bredon. Une fois arrivés au manoir, les invités eurent droit à tous les honneurs qu'on pouvait espérer d'une bonne famille de la Bretagne romaine. Ils furent ensuite présentés au seigneur Mendas et à sa suite. Le présent roi se trouvait être le deuxième fils du précédent : le vieux roi Melius.

— Soyez les bienvenus, compatriotes ! Je vous reconnais, chevalier. Vous êtes sans nul doute le fier Galegantin, fils du roi Trandelmant de Norgalles. Nous avons été présentés, il y a quelques années de cela, lors d'une foire à Deva.

— Oui, messire Mendas, je m'en souviens. Permettez-moi de vous présenter le seigneur Merlinus Ambrosium de Cerloise, son homme Bredon du Mur, ainsi que le brave Marjean, tout nouvellement chevalier.

Le roi Mendas présenta à son tour les gens de sa maison, son épouse et ses enfants, puis il se leva de son fauteuil d'audience pour marcher directement vers Merlin. Il s'arrêta devant lui et le regarda avec insistance. Après un moment, il déclara enfin :

— Il ne fait aucun doute, celui-là est le fils de notre Optima, dit-il à l'intention des siens.

Puis à Merlin :

— Nous avons entendu maintes histoires au sujet du jeune homme au faucon. Sois le bienvenu à Moridunum. Myrddhin, tu es ici chez toi, mon neveu.

Et il l'embrassa chaleureusement. Merlin fut surpris par la bienveillance de cet accueil, mais il rendit tout de même l'accolade, après quoi les autres membres de la famille se joignirent aux deux hommes.

Les quatre visiteurs passèrent du bon temps à Moridunum, et Merlin en apprit plus sur l'histoire de la bourgade, sur sa famille et sur la jeunesse de sa mère. Il s'étonna toutefois d'apprendre que jamais plus celle-ci n'avait remis les pieds dans la région qui l'avait vue naître, et que ses frères et sœurs en gardaient une marque sur le cœur.

Merlin reçut la visite de nombreuses gens, dont des résidents de la bourgade et des habitants des environs. Il apprit que plusieurs de ceux-ci habitaient Moridunum à l'époque de sa naissance et qu'ils venaient jeter un œil sur le jeune homme qui avait été la source de tant de rumeurs et de ragots dans la région. Certains étaient là pour demander pardon pour le mal fait à sa mère alors que d'autres venaient pour connaître le sort que la vie avait réservé à la princesse démétienne et pour lui faire transmettre leurs souhaits de bonheur.

Le jeune seigneur profita de son séjour pour se faire connaître et se familiariser avec les gens de la région. Les trois hommes qui l'accompagnaient le laissaient faire patiemment et n'entravaient nullement ses rencontres et découvertes. À un moment, le chevalier Galegantin, qui n'avait pas raté une occasion d'échanger avec les seigneurs et les notables des Galles du Sud, demanda à Merlin alors qu'ils étaient seuls tous les deux :

— Qu'es-tu vraiment venu faire ici, Merlin ?

Son jeune ami mit longtemps à répondre. Le chevalier attendit en silence.

— Je n'en suis pas certain, Galegantin, mais j'y ai trouvé autre chose que ce que je croyais. Mon intention première était de venir ici pour tout réduire en cendres.

Merlin s'étonna lui-même de sa franchise, mais il avait pleine confiance en le grand chevalier. Celui-ci réfléchit pour lui-même et ajouta :

— Si tel avait été ton dessein, les hommes et moi t'y aurions aidé. Mais je suis heureux que les choses se soient passées autrement.

Merlin approuva sans mot dire, après quoi le colosse conclut avec un sourire :

— Tu as remarqué ta cousine Emelionne ? Elle est belle, n'est-ce pas ?

Et pour la première fois, Merlin crut voir dans les yeux de son ami Galegantin la flamme de la passion qui conduit à l'union familiale. Il ne manqua pas d'en prendre note.

Le temps était venu de repartir et Merlin fit ses adieux aux membres de sa famille nouvellement découverts. Son oncle Mendas lui demanda de transmettre ses bons vœux à sa mère et ajouta :

— Il faudra que tu reviennes nous voir, Merlinus, et cette fois-ci avant que le seigneur des lieux ne soit remplacé.

Merlin approuva :

— Si Dieu le veut, mon oncle. Mais avant de partir, puis-je vous demander ce qu'il advient de la petite tour, tout en haut de la colline ?

— Elle a été abandonnée par ordre de mon père. Mais tu sais, c'est là que tu es né, Merlinus. Si tu le désires, je t'en fais cadeau, ainsi que toute la terre à un jet de fronde tout autour. Comme cela, tu auras une raison de venir nous revoir.

Merlin le remercia de cette grande attention et assura qu'il reviendrait bientôt pour charger quelqu'un de l'entretien des lieux.

Les hommes partirent le cœur léger de ce beau séjour au milieu du pays de Galles et discutèrent entre eux de tous les bons moments passés et des bonnes rencontres faites à Moridunum. Merlin et les autres cherchèrent à en savoir plus sur les échanges entre Galegantin et la belle Emelionne, qui possédait une généreuse part de la beauté légendaire des filles de cette lignée. Marjean, lui, blagua sur l'accueil impeccable qu'ils avaient reçu :

— Leur gentillesse et leur générosité ne sont certainement pas étrangères au fait que tu portes le nom de famille Ambrosium, celui-là même du haut roi.

Et les amis s'en amusèrent, car, comme Merlin, ils n'avaient perçu aucune duplicité dans l'hospitalité offerte par le roi Mendas et les siens. Ils avaient accueilli Merlin véritablement comme un des leurs.

Les hommes trouvèrent passage sur un navire qui montait en direction du nord. Ils profitèrent d'une courte escale à Deva pour rendre visite à la famille de Galegantin et ensuite poursuivirent leur chemin jusqu'au nord du pays. Merlin et ses compagnons débarquèrent au port militaire aménagé à l'embouchure du fleuve Ede, qui menait à Cerloise.

Seulement trois semaines s'étaient écoulées depuis le départ du jeune druide de la forêt de Brocéliande. L'automne était déjà très avancé et bientôt on célébrerait la Samain : la fin de l'année. Il fallait faire vite si Merlin voulait monter vers le nord, sinon l'hiver glacial remettrait ses plans à la prochaine belle saison.

Il se rendit sans délai avec ses compagnons à la forteresse de Cerloise pour y retrouver les autres hommes de la troupe qui étaient de nouveau en service et qui n'avaient pas chômé durant l'absence de leur seigneur. Sybran s'était occupé de tout et réservait à Merlin une bonne surprise. Après les salutations d'usage et l'échange des dernières nouvelles, le capitaine de Merlin révéla la clef de ses préparatifs. À la rumeur de la volonté du seigneur de Cerloise de partir pour les terres du Septentrion au plus vite, un étonnant personnage avait demandé à être celui qui assurerait le transit : Gulfalf le Saxon. Merlin fut d'abord méfiant de cette offre, mais après une longue réflexion, il en comprit tous les avantages et il donna donc son accord.

— Nous pouvons partir dès demain, Merlin. Nous devrons d'abord nous rendre à l'autre bout de l'île, sur le côté du levant, et là nous trouverons le navire de Gulfalf qui nous y attend.

— Où exactement, Sybran ?

— Au port du château de Bambourg, la vieille forteresse tenue par les hommes de Cerloise que tu as prêtée au cousin de notre chevalier Galegantin, le jeune Perceval.

Merlin passa la soirée à rendre visite aux gens de sa maison et, le lendemain, aux notables de la cité. Il fallut donc reporter le départ pour le surlendemain, et dès lors les hommes de la troupe, nouvellement équipés de meilleures armes et de nouveaux vêtements et équipements, prirent ensemble le chemin qui les séparait de la côte saxonne, au levant de leur belle île. Sybran avait tout orchestré avec soin et déjà, depuis plusieurs semaines, les biens et les vivres nécessaires avaient été transportés, sous escorte armée, vers le lieu de l'embarquement.

Merlin et sa troupe prirent le chemin des garnisons avec, comme escorte, un détachement de guerriers de l'armée qui assurait la protection du mur d'Hadrien. La troupe et leur convoi passèrent par plusieurs forts et bourgades qui ceinturaient la région juste au sud du grand mur, y saluant les hommes cantonnés et leurs familles. Bredon, qui avait grandi dans cette région du pays, servit de guide aux autres et les informa sur la vie le long de la grande barrière défensive. Le voyage prit encore un peu de retard, mais, finalement, on arriva au lieu du rendez-vous. Là, un puissant navire frison, avec à son bord tout un équipage de grands Germains, attendait la troupe. Dès l'annonce de leur approche, l'équipage se lança dans des manœuvres de préparation à l'appareillage. Le grand Saxon Gulfalf descendit du navire pour accueillir avec prudence les Bretons et leur présenter le capitaine du navire, un certain Rodbab :

— Bienvenue, Bretons de l'Île. Nous aurons tout le temps de parler en route, mais maintenant il faut faire vite et s'embarquer pour s'éloigner de la côte. Une tempête approche.

8

Le voyage en mer commença mal… En tout premier lieu, Merlin avait dû demander à Faucon de rester derrière ; le temps froid commençait à se pointer et il était temps pour l'oiseau de partir vers le sud pour l'hiver. Merlin en avait le cœur triste, mais il savait qu'il était impossible d'emmener l'oiseau porte-bonheur avec lui. En deuxième lieu, Gulfalf avait dit vrai : une tempête de pluie froide et de vents violents fit tôt de s'abattre sur le navire, le lançant dans des ondulations qui eurent raison de la résistance des hommes et des bêtes. À vrai dire, tous furent en proie au mal de mer, et même Merlin eut à passer beaucoup de temps sur le pont du navire, à humer le vent frais, pour éviter de restituer le contenu de son estomac. Mais ici comme ailleurs, le jeune druide avait plus d'un tour dans son sac ; il avait pris soin d'apporter tout le nécessaire pour fabriquer un philtre qui atténuait la violence du mal de mer et en offrit à tous ceux qui en voulaient. Merlin n'eut ainsi seulement qu'à lutter contre le vertige déplaisant et l'odeur nauséabonde des vomissements des autres.

Le savoir-faire des marins frisons et saxons les guida sans trop de difficultés vers le Septentrion. Bientôt, le beau temps revint et, avec lui, les hommes reprirent espoir que ce voyage ne serait pas leur dernier.

Merlin profita d'un moment d'accalmie – un mot faible, en cette période de grands vents – pour s'adresser à Gulfalf devant tous :

— Je suis intrigué, Gulfalf, que tu te sois offert pour nous rendre ce service et m'aider à retrouver la reine armoricaine Myripale.

Le grand Saxon parla assez fort pour bien se faire entendre :

— Il ne s'agit en rien d'un service ordinaire, Merlinus Ambrosium. Le Saxon rend toujours ce qui lui est fait, il ne désire jamais rester dans la dette. Tu m'as rendu service et redonné la liberté ; je paye ainsi ma dette envers toi. Ensuite, nous serons quittes et égaux à nouveau.

Gulfalf poursuivit en expliquant comment il avait utilisé le bol du druide noir « la Belette » que Merlin avait modifié pour retrouver son frère Gulrard dans la région du nord de la Bretagne. Il avait trouvé ce dernier ivre mort, rejeté par sa femme et ses compagnons survivants de l'attaque de leur colonie. C'est sans retenue que Gulfalf l'avait rabroué pour avoir fait croire à tous qu'il était mort et pour être tombé si bas dans le respect de lui-même. Après quelques coups de pied judicieux au derrière, il avait conduit son frère près de la ville d'Eburacum et l'avait laissé aux mains des siens. Gulfalf aurait tôt fait de revenir et de profiter de l'hiver pour en finir avec cette dette qu'il portait sur ses épaules. Il ne faisait aucun doute pour les Bretons rassemblés que les Germains prenaient très à cœur les questions d'honneur et de réputation. Merlin écouta avec attention le récit du grand Saxon, puis il lui demanda :

— Et que comptes-tu faire du bol magique, maintenant ?

— J'ai promis de le retourner à «la Belette» après t'avoir trouvé… C'est ce que j'ai toujours l'intention de faire.

Merlin sentait que cette réponse cachait quelque chose, mais ne poussa pas plus loin la question. Une fois seul avec ses hommes, il leur chuchota :

— Il faut éviter à tout prix d'offenser nos amis germains durant la traversée. Faites attention à tous vos gestes et à chacune de vos paroles. Un grand fossé nous éloigne des valeurs de ce peuple ; il ne faudrait pas tomber dedans.

Ce sur quoi les hommes se mirent d'accord.

Le voyage se poursuivit vers le nord et bientôt le navire quitta la côte pour se lancer dans une étendue sans limites et sans fond apparents. Les Bretons en furent terrifiés, comme quiconque découvre pour la première fois les océans infinis. Ils se réfugièrent dans la cale du navire, étroite, humide et bruyante, mais combien plus rassurante. Seuls Merlin et Cormiac passaient le plus clair de leur temps sur le pont avec les marins. D'ailleurs, le brave Cormiac semblait mieux résister au froid que les autres hommes de la troupe, hormis Tano bien entendu, car Merlin savait que celui-ci portait encore comme lui la marque de Blaal qui les protégeait contre le froid. Le jeune lancier restait toutefois dans la sécurité apparente de la cale du navire.

Dans les moments où Merlin se mettait à l'abri des éléments, il passait son temps à méditer et à étudier l'ouïg plus à fond, cherchant à en percer les secrets encore cachés. Le jeune druide s'attarda aussi à comprendre le secret du bouton d'Ymir. Dans son message caché dans l'objet, la reine elfe Myripale avait parlé d'un marqueur magique. Merlin chercha longuement, mais ne réussit pas à le repérer pour le moment.

Après quelques jours de calme relatif, pendant lesquels les hommes se joignirent aux marins du navire dans des joutes amicales de lutte et des jeux d'adresse, ce qui les rapprocha et repoussa les tensions accumulées dans la proximité constante qu'impose un si petit bateau, la mer reprit de sa colère. Gulfalf expliqua aux Bretons que le navire voguait désormais entre la pointe nord de la Calédonie et les îles d'Orcanie, domaine du roi Lot. Il ajouta que, malgré le fait qu'il était impossible d'en apercevoir les côtes à cause du mauvais temps, les grands vents commenceraient véritablement ici.

— Quoi ? demanda Galegantin, incrédule. Nous ne sommes pas encore entrés dans le vaste océan ?

— Nous n'avons même pas quitté la mer intérieure entre la Bretagne et le continent ! railla le grand Saxon.

Et aussitôt le chevalier retourna se réfugier dans la cale. Merlin demanda encore à Gulfalf :

— ... Tu dis que les vents seront pires encore ?

— Pires que n'importe quoi que tu as connu avant maintenant ! lança-t-il en riant avant de s'éloigner.

Le grand Saxon n'avait pas menti. Jamais, dans leur courte vie, les Bretons de la troupe n'avaient connu de si terribles bourrasques. Le navire était constamment inondé par des vagues d'eau glacée et deux hommes devaient continuellement monter des chaudières d'eau salée sur le pont pour les vider par-dessus bord. Chacun prenait tour à tour la corvée, d'abord pour se changer les idées, mais aussi pour se réchauffer le corps dans l'exercice et prendre en charge personnellement la survie de l'équipée.

Les hommes n'eurent connaissance de leur passage près des Hautes Terres du nord, un petit groupe d'îles surgissant de la mer, que lorsque le navire entra dans une baie tranquille connue pour être le site d'une colonie picte de longue date. Le navire approcha de la petite communauté d'hommes et de moutons et on jeta l'ancre à ses rivages. L'arrivée d'un navire du sud étant toujours un grand moment de joie, la majeure partie des habitants du village, composé de larges maisons de bois et de pierre, descendit aussitôt pour accueillir les visiteurs. Les Bretons et les Germains mirent tous enfin le pied à terre, et même les montures des cavaliers furent amenées sur la terre ferme.

L'équipage entier, moins deux hommes de garde restés sur le navire, fut conduit dans une grande maison et y reçut l'hospitalité des habitants de l'île. Galegantin et les quelques chrétiens de la troupe passèrent plusieurs heures à prier et à louanger Dieu. Les autres, y compris les Germains, eurent des manières bien à eux de commémorer leur réussite. Cormiac célébra la vie avec de longues libations d'une boisson alcoolisée de spécialité locale. Chacun des hommes de la troupe s'étonna que le jeune homme ne poursuive pas aussi activement la conquête des jeunes femmes disponibles dans le village. Mais, apparemment, Cormiac avait ses raisons…

Le roi de l'île, une sorte de chef du village, vint au-devant des hommes pour en apprendre plus sur ce qui pouvait pousser des voyageurs à affronter la mer du Nord, si tard en saison :

— Qu'est-ce qui conduit des hommes de si bonne naissance à venir risquer leur vie au bout du monde ?

Gulfalf, qui agissait comme grand responsable de l'expédition, prit la parole :

— Le jeune seigneur Merlinus que voici est à la recherche d'une reine qui a été victime d'un enlèvement.

Merlin lui avait expliqué durant le voyage les raisons pour lesquelles il désirait aller au nord. Le Saxon invita alors le jeune voyageur à présenter lui-même son projet au notable local. Alors que Merlin se levait et s'approchait de l'homme respectueusement, celui-ci l'apostropha :

— Mais, tu n'es encore qu'un enfant !

Les membres de la troupe se levèrent pour répliquer à cet affront, mais, d'un geste, Merlin leur commanda de se retenir.

— Je vois bien que tu es le chef de ces hommes, ricana le vieil homme d'un ton amical. Que peuvent les habitants de la Haute-Île pour toi, jeune maître ?

— Je suis à la recherche d'un seigneur du nord. Il se nomme Ymir.

À ces mots, le chef du village devint tout pâle, tout comme les gens qui l'accompagnaient et les autres qui s'occupaient du bien-être des visiteurs.

— Tu ne dois pas prononcer ce nom tout haut, jeune maître Merlinus. Ses agents sont partout et pourraient t'entendre.

Merlin poursuivit tout de même l'explication de sa mission. Le chef du village fit ensuite venir un vieux sage pour qu'il apporte les réponses que son invité demandait. On expliqua le tout au très vieil homme nommé Morbet, qui déclara :

— Celui que tu cherches habite le monde éloigné de Thulé.

— Et où se trouve cette Thulé ? demanda à son tour Galegantin en breton, une langue proche du picte.

— C'est une vaste île, loin du côté du soleil couchant ; un pays de feu et de glace.

Gulfalf se pencha à l'oreille de Merlin et lui souffla :

— Il est impossible pour nous de nous rendre sur cette île, maintenant. La saison est trop avancée.

Merlin réfléchit un moment.

— Que peux-tu me dire d'autre sur Thulé et les agents du seigneur Ymir, sage Morbet ?

— Thulé est un endroit horrible où la vie est presque impossible. Mais on raconte que des colonies d'hommes s'y sont déjà établies. Toutefois, le terrible seigneur Ymir a eu raison de ces téméraires envahisseurs. Je puis aussi te donner quelques informations sur les agents d'Ymir, mais Udoch, son lieutenant sur notre île, pourrait t'en dire plus…

Le chef du village intervint en haussant légèrement la voix :

— Udoch est un mythe, Morbet. N'embrouille pas nos visiteurs avec tes histoires.

Le vieillard frappa violemment devant lui de sa canne de bois tordu.

— Udoch existe, je te dis !

Et comme pour donner de la valeur aux paroles du vieil homme, un vent fort se leva et se fit entendre à travers les murs et les volets fermés de la grande maison. Tous sentirent leurs cheveux se dresser sur leur nuque devant cet étrange présage.

Le lendemain, Gulfalf se rendit avec le capitaine du bateau auprès de Merlin pour lui annoncer que le navire retournerait vers leur port d'hiver, en Bretagne du Levant, dans les jours prochains.

— Nous allons d'abord échanger avec les habitants du village quelques biens que nous avons apportés avec nous, l'informa le Saxon.

— Et qu'espérez-vous obtenir en échange ?

— Du mouton salé, de l'ambre et du rohart, peut-être aussi quelques faveurs… Mais quoi qu'il en soit, mes hommes et moi n'attendrons pas que tu termines tes recherches. Soit tu t'embarques avec nous, soit tu passes l'hiver ici.

— Vous partirez sans nous, Gulfalf. Tu nous as rendu un fier service et nous sommes désormais quittes et égaux.

Le grand homme tira son couteau, se taillada légèrement le côté du poignet et l'offrit à Merlin. Ce dernier imita son geste de sa propre lame et les deux anciens rivaux se frottèrent les plaies en gage de serment de sang. Quoi que Merlin connaissait cette coutume, il ne l'avait jamais pratiquée auparavant.

— Voilà, c'est fait, proclama le grand Saxon, solennellement. Je viendrai te chercher l'année prochaine, si je n'ai pas de nouvelles de toi.

Puis il tourna les talons et partit avec son capitaine en direction du navire. Merlin était fier de lui-même. Il avait permis à cet homme digne et brave de payer sa dette et avait l'assurance que cela rapporterait un jour. Le jeune druide ne remarqua pas, toutefois, le geste furtif de Gulfalf, qui sortit un petit bol de bois des pans de son gros manteau et essuya, sur ses bords intérieurs, les restes de son sang mélangé à celui de Merlin sur son poignet...

9

Les marins frisons débarquèrent les biens de leurs passagers bretons et conclurent leurs affaires avec les insulaires de la Haute-Île. Les Frisons avaient acquis une bonne réputation pour le négoce et, partout où ils allaient, chacun pouvait s'attendre à faire de bonnes affaires. Les hommes de Merlin saluèrent et remercièrent leurs nouveaux amis d'une manière toute bretonne :

— Ne perdez pas votre route durant le retour. Il serait triste d'avoir à passer le long hiver avec vous ! cria Galegantin à Gulfalf.

Et celui-ci s'éloigna en lui répondant sur le même ton moqueur :

— Je nagerai jusqu'en Calédonie plutôt que de passer une minute de plus en votre présence, chevalier !

Et les hommes des deux camps rigolèrent sans méchanceté aucune. Galegantin et Marjean enfourchèrent leur monture pour gravir une petite colline, au sud du village, qui donnait une bonne vue sur la voie empruntée par le navire voguant de nouveau vers la Bretagne. Les deux cavaliers continuèrent longtemps de saluer les marins germains de grands gestes de la main.

Le lendemain, Merlin remarqua que Galegantin semblait plus triste qu'à son habitude et se demanda si c'était par nostalgie pour son sol natal ou à cause du départ de ses nouveaux camarades. Il crut bon de changer les idées du colosse et lui demanda de l'accompagner à la maison du sage vieillard, rencontré précédemment. Les deux hommes s'adjoignirent la compagnie de Marjean et le trio se mit en route. Une fois arrivés sur place, ils furent accueillis par une femme plus jeune qui les conduisit devant Morbet, qui semblait les attendre :

— Bonjour, jeunes gens. Je vous ai fait préparer ce colis.

Merlin reçut un paquet emballé dans une peau de mouton. Il déballa le tout et trouva une carte dessinée sur une pièce de cuir, une pierre d'albâtre gravée d'un étrange signe, ainsi qu'un petit anneau d'un métal en tout point semblable à de l'argent fin. Merlin inspecta les objets en les passant ensuite à ses amis chevaliers, puis attendit les explications du vieil homme.

— Mes amis, vous tenez là une carte de notre île, une pierre taillée de la marque d'Udoch, ainsi que l'anneau que j'ai rapporté de mon expédition dans son antre.

— Que pouvez-vous nous dire sur cet Udoch ? s'enquit Merlin.

— Il s'agit d'un être magique et perfide qui habite une grotte. Dans ma jeunesse, quelques amis et moi avons appris d'un groupe de voyageurs venus de la mer qu'une étrange lueur brillait parfois de l'intérieur d'une cavité rocheuse située de l'autre côté de l'île principale. Nous y sommes tous allés, mais seuls deux d'entre nous en sommes revenus. J'en ai ramené la pierre gravée de la marque d'Udoch et ce petit anneau que, j'ai honte de l'avouer, j'ai récupéré sur un cadavre gelé que nous avons trouvé à l'intérieur de la grotte.

— Que s'est-il passé là-bas ?

Le vieil homme s'assombrit et, avec difficulté, expliqua comment un géant au corps de glace leur était tombé dessus sans avertissement et avait transformé ses compagnons en statues gelées.

— Mais pourquoi donc êtes-vous allés vous jeter dans la gueule du monstre de cette façon ? demanda Galegantin.

— Une coutume ancestrale voulait que le village offre un tribut annuel aux dieux de l'île et, jeunes gens que nous étions, nous avons cru bon d'aller voir si la caverne maudite pouvait être la demeure de l'un de ces dieux.

— Et qu'est-ce qui motive quelqu'un à vouloir rencontrer un dieu païen ? demanda à son tour Marjean.

Le vieil homme s'attrista encore un peu plus.

— L'espoir d'une récompense ou d'une faveur spéciale. Vous savez, Messeigneurs, dans une île isolée comme la nôtre, les divertissements sont rares pour les jeunes fougueux qui rêvent d'aventure…

Les trois compagnons se regardèrent et comprirent tout à fait, car eux-mêmes avaient pensé la même chose dans leur terre natale de Bretagne. Comment plus vrai cela devait être en cette île reculée! Merlin rassembla les objets que lui avait remis le vieil homme et prit congé de son hôte en le rassurant:

— N'ayez crainte. Mes compagnons et moi irons explorer cette grotte et, si cet Udoch y est toujours, nous vengerons tes compagnons tombés.

Le vieil homme sourit timidement et ajouta:

— Je savais que c'était toi. Tu es le jeune druide gallois dont les rumeurs parlent depuis quelque temps. Et ce sont là deux de tes valeureux compagnons bretons.

Les trois hommes se regardèrent de nouveau et retinrent leur fierté. Merlin répondit avec humilité:

— C'est possible…

Sa réponse provoqua le rire excité du vieil homme. Merlin le salua et prit le chemin de la sortie en remerciant la dame qui leur avait servi à boire des coupes de la cervoise typique de l'île. Mais juste avant de partir, Morbet ajouta une dernière remarque:

— Allez à la demeure de Brusia, la femme de l'autre survivant de ce jour fatidique. Vous y trouverez sa fille Syphelle, qui saura vous guider jusqu'à l'antre d'Udoch. Elle connaît tous les secrets de son père adoptif et saura vous aider dans votre aventure.

Une fois dehors, Merlin demanda à la femme de la maison le chemin vers la demeure de cette Brusia.

— Elle habite loin vers le couchant, à l'autre bout d'un petit étang.

— Pourquoi si loin des autres et du village ?

La femme fit un signe rituel pour éloigner le mauvais sort et répondit tout bas :

— Parce que c'est une sorcière.

Et elle referma la porte, comme pour empêcher quelque chose de mauvais d'entrer chez elle. Merlin se tourna vers ses compagnons. Galegantin avait posé inconsciemment la main sur le pommeau de son épée et Marjean s'était légèrement contracté. Leur jeune ami esquissa un sourire et annonça :

— Allons rencontrer cette… sorcière.

Les hommes retournèrent dans leurs quartiers au village récupérer leur monture et prirent la direction de l'étang éloigné. Ils trouvèrent aisément le petit bassin d'eau en question, car les deux chevaliers l'avaient aperçu du haut de la butte, la veille. Une petite cabane était dressée près de la berge et les trois compagnons eurent tôt fait de s'y rendre. Un jeune homme semblait vaquer à quelques occupations extérieures quand les cavaliers s'approchèrent. À distance, il semblait calme et confiant, mais en avançant, les hommes remarquèrent que le seau de bois à sa main était tenu comme une arme plutôt que comme un récipient. Arrivé à proximité de lui, Galegantin annonça d'une voix sévère :

— Nous sommes ici pour voir la sorcière Brusia au sujet de sa fille Syphelle.

— Que lui voulez-vous ? lança ce qui se révéla finalement être une jeune femme à l'allure garçonne.

Les hommes se regardèrent, étonnés, et descendirent de leur monture. Merlin la salua :

— Bonjour à toi. Tu es la fille Syphelle donc... Je suis Merlin et voici les chevaliers Galegantin et Marjean. Nous ne te voulons aucun mal. Nous désirons seulement parler avec ta mère et toi.

À ce moment-là, une vieille femme sortit de la cabane et envoya un regard austère aux trois hommes. Galegantin se gonfla, Marjean se crispa, prêt à tout, tandis que Merlin s'avança tranquillement et salua la dame avec respect. La vieille femme l'observa un moment et son allure s'apaisa. Elle lui sourit gentiment même et dit à sa fille :

— Laisse-les entrer, Syphelle, le jeune maître est druide.

Merlin se retourna vers la jeune femme avec un air complaisant, puis à ses compagnons, à qui il fit signe que «non» de la tête. Galegantin demanda :

— Pas une sorcière ?

— Non, pas une sorcière, le rassura son jeune ami.

La vieille femme éclata de rire et invita les visiteurs à attacher leurs bêtes et à entrer.

Les trois hommes bénéficièrent de l'hospitalité des deux femmes de la maison, qui leur offrirent des fromages de brebis et des bols d'un succulent ragoût de mouton. On pouvait voir maintenant une certaine féminité présente dans les dispositions de Syphelle, qui n'était pas une Picte proprement dite. Elle possédait aussi les traits typiques des Scandinaves nordiques.

Elle semblait ravie d'être en présence de trois si beaux voyageurs, et la compagnie d'un chevalier en armure avait sur elle un effet qu'elle tentait habilement de cacher.

— Nous avons visité le vieux sage du village et il nous a parlé d'Udoch.

Syphelle ralentit ses gestes et dévisagea le jeune druide, intriguée. Sachant que les femmes comprenaient ce dont il parlait, Merlin enchaîna :

— Il nous a suggéré de venir ici pour demander à être guidés jusqu'à son antre par Syphelle.

— Et que peux-tu offrir à Syphelle en échange ? demanda la vieille femme.

Merlin leva les yeux sur Brusia puis répondit, hésitant, à l'intention de Syphelle :

— Que désires-tu en échange de ce service ?

La jeune femme prit soudain un air d'assurance et, après avoir échangé un regard discret avec sa mère, déclara :

— Si nous survivons à ce voyage aller-retour, je te demanderai une faveur.

Merlin entra dans une transe invisible pendant un moment, puis déclara :

— Tu auras ce que tu souhaites.

Les hommes et la femme fixèrent un rendez-vous pour le lendemain, et les trois compagnons terminèrent leur petit repas avant de se lever pour retourner au village annoncer la nouvelle aux autres. En route, Marjean demanda à Merlin :

— Sais-tu ce qu'elle veut de toi ?

Galegantin leva un sourcil d'intérêt tandis que Merlin sourit à la perspicacité de son ami qui avait remarqué sa transe :

— Elle veut quitter cette île perdue. Elle voudrait qu'on l'amène avec nous en Bretagne.

La nuit passée, les hommes de la troupe, regroupés et équipés pour leur voyage vers le nord-ouest de l'île, s'arrêtèrent d'abord à la demeure de Brusia. Ils apportaient des peaux de mouton et de grandes couvertures de cuir lourd de lion de mer qu'ils avaient obtenues par troc. Ce poids supplémentaire les ralentirait, certes, mais le précieux bagage assurerait leur survie face aux éléments les plus hostiles. La troupe bretonne trouva Syphelle tout équipée en armes et armure. Les Bretons avaient, au cœur même de leur culture, une longue tradition de femmes guerrières, mais jamais ils n'avaient imaginé une telle femme dans un lieu si isolé, et encore moins une guerrière portant armes, armure et casque scandinaves. Ils restèrent pour la plupart éberlués, les autres admiratifs, comme une bande d'imbéciles muets, jusqu'à ce que la voix de la vieille Brusia les réveille en tonnant :

— Quoi ? Vous n'avez jamais vu une femme porter les armes ?

Les hommes surmontèrent leur surprise alors que Merlin chuchotait à Sybran :

— Et dire qu'hier on l'a d'abord prise pour un homme !

La jeune femme saisit d'un seul bras le gros paquet qu'elle apportait et le hissa aisément jusqu'à son épaule sous l'acclamation des guerriers rassemblés. Elle embrassa sa mère et la troupe entreprit de la suivre d'un pas assuré. Alors que les hommes quittaient Brusia, la vieille dame les mit bien en garde :

— Comportez-vous convenablement avec ma fille, sinon...

— Sinon quoi ? s'inquiéta l'un d'eux en se retournant.

Galegantin répondit pour elle, en direction de Sybran :

— Méfiez-vous. C'est une sorcière.

Le grand chevalier envoya un clin d'œil en direction de Merlin et de Marjean, tout en ricanant. La vieille femme et sa fille l'accompagnèrent dans le rire, et cette bonne humeur se répandit à la troupe, même si tous n'étaient pas certains s'il s'agissait ou non d'une plaisanterie.

La première journée de voyage se déroula sans difficulté, la plaine herbeuse offrant une promenade aisée et agréable. Le beau temps était au rendez-vous et le moral était bon. Les hommes firent plus ample connaissance avec la jeune guerrière qui, semblait-il, était la fille illégitime de la vieille Brusia et d'un pirate nordique. Elle avait été élevée par sa mère et son père adoptif, l'autre survivant de la grotte d'Udoch et compagnon d'aventure de jeunesse du vieux sage Morbet, et elle n'avait jamais connu son père biologique.

Le mari de Brusia était mort, il y avait quelques années, et la jeune femme était restée depuis avec sa mère dans leur demeure isolée.

— Où as-tu récupéré ces armes scandinaves, alors ?

— Elles sont celles de mon véritable père, répondit simplement la jeune femme.

Merlin décida de ne pas poursuivre l'interrogatoire et se contenta de poser des questions sur l'île et son climat.

Le matin du deuxième jour, le ciel se couvrit et le temps connut un changement pour le pire. Le vent devint glacial et bientôt la neige commença à tomber sur la troupe, ralentissant leur cadence de beaucoup. Ce qui ne devait être qu'un petit voyage de deux jours se transforma en excursion beaucoup plus longue. Heureusement, les précautions prises et l'équipement apporté assurèrent à la troupe un confort suffisant pour qu'elle puisse poursuivre sa route. Le mauvais temps s'intensifia au fur et à mesure que les voyageurs s'approchaient de leur but, mais jamais la jeune femme n'hésita dans ses indications. Elle avait, selon Galegantin, toute l'assurance d'un guide et d'un homme d'armes accompli. La dernière journée du périple fut de loin la plus pénible, et quand enfin les hommes purent apercevoir l'entrée d'une grande grotte creusée à même les parois rougeâtres et glacées d'une falaise, ils s'y élancèrent avec très peu d'hésitation.

Une fois à l'intérieur, Galegantin demanda à Sybran que les hommes partent chercher du bois de grève sur une plage non loin, afin de faire un feu salutaire. Bredon, Cormiac, Jeanbeau, Donaguy et Tano revinrent rapidement, portant avec eux des piles de bois sec. Un petit feu fut allumé à même le sol sableux, et les compagnons d'armes purent refaire leur chaleur corporelle avec des aliments chauds et une lumière rayonnante. Mais la pause fut de courte durée.

Un bruit sourd se fit entendre du fond de l'antre et chacun se lança sur ses jambes en tirant ses armes de ses bagages, prêt au combat. Merlin s'avança devant le groupe avec, à la main, sa longue épée. La jeune guerrière s'élança avec fougue à ses côtés, forçant Galegantin et Marjean, pantois, à les rejoindre d'un pas rapide. Pendant un long moment, la grotte se fit silencieuse et les seuls bruits que les quatre explorateurs pouvaient entendre étaient ceux de leur respiration et des battements de leur cœur affolé par l'excitation. Merlin projeta ses sens au-devant d'eux pour y détecter l'invisible. Mais rien, il ne sentit absolument rien. Il se tourna vers le reste de la troupe pour confirmer l'absence de détection et fit signe à Sybran, qui était allé maîtriser les bêtes avec Bredon, de surveiller leurs arrières. Les quatre guerriers de front s'avancèrent encore, arme à la main, en laissant assez d'espace entre eux pour que les hommes postés derrière puissent avoir une bonne vue de ce qu'il pouvait se trouver devant. Le groupe s'avança sur une distance d'un jet de pierre et l'absence de lumière commença à les faire hésiter. Merlin retira son poignard lumineux de son étui et le porta devant lui de sa main libre, éclairant aussitôt la grotte d'une belle lumière bleutée. Surprise, la guerrière demanda :

— C'est… c'est un sortilège de druide ?

— Oui, en quelque sorte, répondit calmement Marjean pour la rassurer.

Le nouveau chevalier savait que Galegantin était sur ses gardes, fin prêt pour une réponse rapide en cas d'attaque, et que Merlin avait besoin de toute sa concentration s'il allait user de ses pouvoirs mystiques. Le jeune druide sourit en lui-même devant l'intervention judicieuse de Marjean, qu'il aimait bien. Le groupe s'avança encore et aperçut des cadavres squelettiques au sol, partiellement vêtus, leurs armes et armures presque complètement rongés par les éléments.

Tout à coup et sans crier gare, un pilier de glace s'éleva devant eux au centre de la scène de l'ancien carnage. Une immense créature humanoïde faite de glace vivante commença à se mouler sous leurs yeux. Galegantin n'attendit même pas qu'elle atteigne sa forme entière et s'élança pour la taillader de sa fidèle épée Durfer. La lame déchira les chairs glacées de la créature juste au niveau de ses hanches et y pénétra profondément, mais sans nuire à la chose de façon apparente ni ralentir son développement. Au lieu de cela, une étrange masse de glace animée se répandit rapidement le long de l'épée et s'étendit au bras de Galegantin jusqu'à son épaule. Le colosse recula avec peine, délogeant par le fait même sa lame du corps de la créature, et se laissa ensuite choir sur un genou, en proie à une douleur évidente. La silhouette de glace acheva de prendre forme et, s'adressant aux humains devant elle, déclara dans une langue que seul Merlin comprit :

— Je suis Udoch de la Grotte. Que faites-vous dans mon antre ?

10

Merlin réagit rapidement et se rendit auprès du chevalier. Il tourna à demi la tête et cria :

— Tano, viens devant !

Tandis que Merlin se penchait pour aider son ami à
se relever, Marjean et Syphelle s'avancèrent à leur tour,
mais Galegantin, toujours maître de sa personne,
même terriblement souffrant, leva sa main droite pour
leur faire signe d'arrêter. Marjean comprit la recommandation du chevalier et saisit le bras de Syphelle qui
s'apprêtait à lancer une attaque sur la forme géante.

— Hé ! s'indigna la guerrière.

Elle tenta de se dégager, mais Marjean la retint fortement et tenta de l'apaiser d'un regard amical, tout en
pointant de son épée le chevalier Galegantin au bras
droit complètement gelé. Syphelle se défit avec force de
la poigne de Marjean, mais n'avança plus sur Udoch.

Tano arriva rapidement aux côtés de Merlin et prit sa
place pour aider le blessé. Galegantin remarqua que
Tano peinait beaucoup plus que Merlin à l'aider à se
redresser et, pendant une seconde, se demanda
comment Merlin pouvait être aussi fort qu'il était sage ;
une étrange combinaison…

L'entité de glace s'avança et émit un rire cruel, puis elle expliqua :

— Vous ne pouvez rien contre moi, mortels. Vos armes ridicules et vos armures inutiles ne sauront vous protéger !

Il tourna alors son attention vers le chevalier qui l'avait frappé, mais dut faire face à Tano qui s'interposait maintenant entre lui et Galegantin.

— Qu'est-ce qu'il dit, le bonhomme ? tonitrua Cormiac. Vous comprenez ce qu'il raconte, ce gros glaçon ?

Udoch sembla s'offenser du ton et des paroles du mortel, car, de toute évidence, le géant paraissait pour sa part comprendre la langue bretonne. Il voulut s'acharner tout de même sur le chevalier tombé et décida de balayer Tano de son chemin en lui envoyant un revers de sa grosse main glacée. L'habile lancier n'attendit pas de s'en faire prier et envoya, malgré la lourde entrave de Galegantin qu'il supportait, une attaque précise de son arme juste en dessous du bras levé de son adversaire. Le fer entier de la lance entra dans le corps du géant de glace, mais encore une fois sans le blesser. Le coup du géant tomba et projeta de côté le corps de Tano, lui faisant lâcher prise sur son arme alors que de la glace rampante lui couvrit aussitôt une partie du corps. Pendant ce temps, le choc de l'attaque du géant avait envoyé le chevalier Galegantin à la renverse et de nouveau au sol, ce qui obligea la créature à s'avancer encore plus pour l'atteindre. Il se déplaça d'un pas lent, pendant qu'il extirpait la lance de Tano plantée dans son torse pour la jeter au sol. Merlin ne perdit pas de temps et se plaça à son tour devant la créature. Il lui dit dans l'ancienne langue des dieux qu'il connaissait mal :

— Arrête, sinon… toi… mourir.

Le géant baissa les yeux sur le petit homme qui lui faisait face. Udoch le dominait par plus de deux fois sa taille et, sachant qu'aucune arme forgée par un mortel ne pouvait lui faire de mal, il éclata d'un rire horrible.

— Ha ! ha ! ha ! vermisseau ! Tu ne peux rien contre moi.

Merlin regarda rapidement vers Tano et vit que le fier lancier se relevait péniblement en brossant la couche de glace qui s'était formée sur son corps. Le jeune druide lui adressa un petit signe de tête et un sourire : la marque qui l'avait immunisé contre la flamme d'Aduïr l'avait aussi protégé contre les pouvoirs de froid du géant. Udoch entendit Tano se lever et tourna la tête pour constater le peu d'effet que son attaque avait eu sur lui. Il sembla se perdre un moment dans une étrange mélopée, mais repéra ce qui avait causé son échec : l'humain portait la marque de Blaal ! La créature se retourna vers les autres, qui pour le moment semblaient aussi étonnés qu'elle l'était elle-même, et remarqua qu'un autre belligérant, le « vermisseau » devant lui, justement, portait également le symbole ancien.

Le géant Udoch était d'une race antique et il possédait une partie du savoir de l'Ancien Monde. Il savait qu'aucune attaque de son corps recouvert de glace n'aurait d'effets sur les deux hommes marqués du symbole de Blaal. Heureusement, ceux-ci ne pouvaient rien contre lui non plus, à moins qu'il ne se soit trompé sur la nature de leurs armes. Il lui restait la possibilité de négocier une trêve, peut-être en menaçant les autres. Udoch scruta les uns et les autres pour trouver le chef, ou bien le plus vulnérable de la troupe, et c'est alors qu'il remarqua la femelle parmi eux. Il jugea qu'en la torturant un peu et lui extorquant quelques cris, il réussirait à briser le moral de ses pairs. Il tourna donc toute son attention vers elle.

Merlin profita du moment de réflexion de la créature de glace pour agir. Il se réjouit intérieurement que tous les gestes du géant, comme ses raisonnements, semblaient se faire plus lentement que ceux de la race mortelle ; sans nul doute cela avait un lien avec la sorte d'armure de glace vivante qui le couvrait et sa relation avec sa nature immobile et froide. Il entra en concentration et évoqua une manipulation élémentaire du feu. Puisant à même les braises de leur bivouac, un peu plus loin, et y ajoutant le multiplicateur de son propre pouvoir mystique, il appela une masse de flammes ardentes entre lui et le géant, qui contemplait toujours s'en prendre à Syphelle. Une colonne de brillantes flammes se leva devant Udoch, le forçant à reculer devant la menace. Contrairement aux armes humaines, les sortilèges mystiques issus des savoirs anciens, comme ceux des druides, pouvaient compromettre les êtres de la race des fils d'Ymir le Grand. Le géant dévisagea de nouveau le « vermisseau » et comprit qu'il l'avait sérieusement sous-estimé. Il détecta faiblement, car il n'était pas un druide lui-même, la présence d'un pouvoir puissant chez le jeune homme. La créature cracha alors un juron dans la langue ancienne, qui glaça le sang des gens rassemblés devant lui, même s'ils ne comprenaient pas le sens de ses mots. Merlin cria alors à la troupe :

— Plongez vos lames dans les flammes que j'ai évoquées et vous pourrez blesser le géant de vos armes incandescentes !

Marjean n'attendit pas plus longtemps et s'exécuta, imité par les autres qui vinrent le rejoindre aussitôt. Udoch voulut agir en contournant les flammes pour attaquer la femme, mais Tano et Merlin s'avancèrent pour le bloquer. Il faucha de nouveau l'air en direction de Tano, mais cette fois-ci l'agile lancier évita son attaque trop lente. Le géant tenta de s'en prendre à Merlin et de le projeter dans les flammes qu'il avait lui-même évoquées, avant que le petit druide ne lui envoie un autre sortilège plus terrible encore. Mais Merlin l'attendait de pied ferme et, en mettant cette fois à profit tout son savoir du combat armé, il lui planta sa dague au niveau du genou jusqu'à la garde. Le géant allait éclater de rire devant une autre attaque inutile, mais il fut plutôt traversé par une douleur fulgurante, le paralysant presque et lui faisant échapper un effroyable cri. Il baissa son regard vers la plaie qui laissait échapper un sang pourpre et vit que la glace vivante de son armure magique qui avait immédiatement envahi le bras de son jeune assaillant s'effritait sans laisser de traces.

Déjà, les hommes de la troupe et Syphelle s'avançaient vers le géant avec à leurs mains les armes chauffées au rouge. Devant eux s'avançait le fier Galegantin, avec l'aide de Bredon, cette fois. Il n'hésita qu'un moment avant de piquer le géant d'une estocade chancelante mais précise. Le géant fut secoué par cette nouvelle blessure, moins gravement, cependant. Et, miraculeusement, l'armure de glace se dissipa à l'endroit du contact de la lame brûlante, annulant du

coup ses effets magiques. Galegantin et Bredon reculè-
rent et laissèrent les autres attaquer à leur tour le géant
Udoch, qui recula en encaissant les coups. Acculé à la
surface rocheuse de la grotte, il se tourna vers Merlin
pour lui proposer un marché, tandis que les autres
retournèrent chauffer leurs armes pour une nouvelle
offensive. Il leva les bras en signe de non-agression.

— Je crois que tu saisis mes paroles, jeune druide.

Merlin traduisit aux autres ce qu'il comprenait et fit
signe que «oui» au géant.

— Vous avez réussi à me démontrer votre force et je
m'incline devant celle-ci.

Merlin continua la traduction, tout en ajoutant :

— Nous sommes ici pour en apprendre plus sur le
prince Ymir et ses serviteurs.

Le géant commença alors une longue série d'explications sur la nature d'Ymir et de son domaine hyperboréen de Thulé.

Le prince Ymir était le descendant du premier maître
du monde : Ymir le Grand, un redoutable géant de glace
qui, selon les dires d'Udoch, était à l'origine même de la
création du monde. Il avait laissé une nombreuse
descendance et celle-ci avait progressivement perdu du
terrain devant les assauts des autres anciens, et maintenant, des humains. Les plus puissants seigneurs
avaient usé de leur grand savoir et de leur puissance
pour ouvrir un passage entre les mondes et s'établir
dans des domaines magiques à l'abri de tous. Le prince
Ymir comptait parmi ceux-ci ; il avait amené les siens
dans son royaume secret d'Hyperborée. Et la «porte»

magique qui y menait demeurait cachée dans un endroit reculé de l'île lointaine de Thulé.

Ymir avait à son service plusieurs types de serviteurs : des agents comme Udoch, dont le rôle était de servir d'avant-garde, de vigile ou d'espion contre une attaque des Ases, les ennemis ancestraux de son peuple, et aussi des gardiens, qui étaient de terribles géants aux pouvoirs anciens et à la force titanesque. Enfin, le prince Ymir détenait des esclaves qui n'avaient pour rôle que de le servir et le divertir.

— Qui sont les Ases ? demanda Cormiac, qui avait écouté comme les autres la traduction de Merlin.

— Un peuple ancien comme les géants, mais plus semblable aux humains, répondit Udoch de la Grotte.

— Et comment contactes-tu ton maître, s'il y a attaque des Ases ? s'informa à son tour Syphelle.

Udoch hésita, mais Merlin fit briller sa dague enchantée encore plus intensément pour menacer le géant de glace.

— J'utilise le miroir d'Ymir, qui se trouve tout au fond de ma grotte.

— Conduis-nous-y ! ordonna Marjean après avoir consulté Galegantin du regard, car ce dernier avait de plus en plus de difficulté à parler.

Le groupe, sauf le chevalier blessé, suivit donc le géant au pas lent jusqu'au fond de sa demeure surnaturelle. La grotte semblait s'étendre beaucoup plus loin que la petite colline dans laquelle elle avait été creusée ne le permettait. Cormiac prit le relais sur Bredon et accompagna le colosse en armure auprès de Sybran, avant de rejoindre les autres à la course, rapportant quelques branches en flammes empruntées à leur propre feu de camp.

Le groupe arriva dans un vaste espace couvert de glace. De nombreux ossements de mouton gisaient dans un coin alors que dans un autre s'accumulaient différents objets, précieux ou non, le fruit des offrandes rituelles organisées durant des dizaines d'années par les habitants de l'île et, selon toute vraisemblance, certains voyageurs de la mer. Au fond de la pièce, un grand trône de pierre gravée dominait. Ce siège, remarqua Merlin, portait la même marque que la pierre d'albâtre dans le colis que Morbet lui avait offert. Mais une autre chose attira l'attention des visiteurs forcés. Une surface imposante de la paroi rocheuse était couverte d'une épaisse et lisse couche de glace sombre : le miroir d'Ymir, fort probablement. Cormiac coupa le sérieux de la découverte et demanda d'un ton sévère :

— Hé, le géant ! Que veut dire « Ymir » dans ta langue oubliée ?

Udoch rageait silencieusement de l'affront du mortel, mais, devant l'insistance des autres, il expliqua simplement :

— C'est le mot pour « glace »… Ce terme est sacré dans notre langue, mortel !

Merlin répéta les paroles en breton.

— Je ne veux en rien insulter ta langue, mais il faut avouer qu'elle manque d'originalité : prince Ymir, Ymir le Grand, Ymir celui-ci, Ymir celui-là, miroir d'Ymir. Et quoi d'autre, Ymir ?

— Cormiac ! tonna Bredon.

Mais il était trop tard, le géant exaspéré par les blasphèmes du petit mortel s'emporta de nouveau dans une colère destructrice et lança un geste agressif vers Cormiac. Agressif, mais trop lent pour ce dernier, qui courait déjà avec la rapidité du sanglier vers le grand trône pour s'abriter derrière. Juste à temps aussi, car aussitôt une volée de fines gouttelettes de glace jaillirent vers le trône en prenant de l'ampleur de manière à former une épaisse vague de glace qui balaya et enveloppa tout sur son passage comme une crème épaisse avant de figer. Le géant tourna ensuite son attention vers les autres, préparant de nouveau son sortilège de jet de glace.

— Encore de l'« Ymir » ! railla Cormiac. Non mais quand même !

Le géant se retourna de nouveau sur le côté, en même temps que la troupe, d'ailleurs, pour voir Cormiac surgir de derrière le trône, intact. Il lança sa torche enflammée vers le géant en lui envoyant :

— Tiens, prends ça !

Puis, vers son chef :

— Merlin, à toi !

La torche de branches de bois, dont les flammes s'intensifièrent sous l'action de l'air la traversant à grande vitesse, prit alors une lueur surnaturelle. Merlin avait compris ce qu'il avait à faire avant même que

Cormiac ne lui adresse la parole, et déjà sa manipulation transformait les flammes à nouveau en sortilège élémentaire : la forme la plus pure d'un élément. Quand la torche frappa le corps d'Udoch, celui-ci fut enveloppé par des flammes magistrales qui eurent pour effet d'anéantir l'armure glacée qui l'entourait et le protégeait. Marjean et Syphelle furent les premiers à frapper le géant dépourvu de sa protection de glace, mais leurs armes, dont la nouvelle épée du chevalier, eurent peu d'effets sur lui. Bredon et Tano les suivirent de peu, cette fois avec leurs armes encore dotées de la charge magique de l'enchantement que Merlin y avait placée quelque temps auparavant, et taillèrent les chairs du géant, le plongeant dans une douleur atroce. Bientôt, Udoch tomba sous les coups répétés des guerriers de la troupe. Si le géant avait pu espérer survivre à la première blessure infligée par Merlin, il ne pouvait s'accrocher à cet espoir maintenant.

Udoch, gisant, s'adressa péniblement au druide :

— Nous nous reverrons un jour, jeune magicien. Ma race ne peut connaître la mort. J'irai annoncer ton approche à mon maître et il mettra toute son armée devant ton chemin. J'arracherai moi-même la tête de ton corps et en mangerai la chair devant tes parents, tes frères, tes sœurs… Je…

Le géant n'acheva pas ses vaines menaces ; la dague enchantée de Merlin mit fin à celles-ci dans une souffrance si grande qu'elle fit trembler Udoch de bout en bout. Ensuite, plus rien… Le corps était maintenant vide de l'esprit qui l'avait habité.

Alors que Merlin rapportait aux autres les dernières paroles de leur grand adversaire, Sybran le Rouge arrivait avec les bêtes et son ami Galegantin, le chevalier à moitié inconscient se tenant péniblement sur sa monture. Le vieux lancier s'avança devant son seigneur et annonça :

— Merlin, il faut faire quelque chose pour lui. Il va très mal…

Le jeune druide récupéra une potion de guérison de son sac fée et l'administra à son ami, proche de l'agonie. Satisfait des résultats apparents, il alla examiner la paroi de glace lisse, le miroir d'Ymir. Il l'étudia un moment et, devant un inconnu si insondable, décida de faire le point. Merlin récupéra le colis de Morbet et en retira la pierre gravée. Il la passa au-dessus de la dépouille, sans résultat, puis s'approcha du trône, mais à l'appel de Marjean, retourna au miroir de glace. Soudain, la rune gravée se mit à briller, puis elle fut imitée par toute la surface de l'étrange miroir. Le géant avait dit vrai : il existait effectivement un moyen de communiquer par lui. Plus l'effet s'intensifiait, plus Merlin en reconnaissait la nature réelle. Le miroir d'Ymir n'était pas une fontaine de clairvoyance comme il l'avait d'abord cru, il s'agissait en fait d'un portail de transport ! Les contours d'un paysage hivernal se dessinèrent avec de plus en plus de netteté et, bientôt, ils eurent tout le réel de la vue de l'extérieur depuis une porte ouverte. Devant ses yeux s'ouvrait le passage vers Thulé et Hyperborée. Merlin s'adressa à sa troupe :

— Faites vite et allez chercher encore un peu de bois sec. Nous allons traverser de l'autre côté du miroir.

11

Une fois les compagnons prêts, le groupe traversa le portail magique et franchit la grande distance les séparant de l'île de Thulé. Le passage par un portail de transport était très différent du déplacement effectué avec l'ouïg. Avec la sphère magique, cela se passait presque instantanément : le décor s'effaçant d'abord, pour ensuite changer autour de soi, le tout dans un grand éclair de lumière. Le passage par un portail de transport était comme passer par une porte normale : d'un côté, on voyait le décor que l'on quittait, de l'autre le nouveau. Étrangement, aucun des côtés n'entrait véritablement en contact avec l'autre, comme si un voile invisible les séparait. On pouvait voir et entendre ce qui se passait de l'autre côté du portail, mais rien n'aurait pu préparer les membres du groupe au choc soudain de se retrouver dans le froid glacial de la terre nordique.

Merlin avait pri un petit moment pour expliquer à Syphelle que lui et les siens allaient passer par la porte magique et se rendre sur une autre île. Mais la jeune femme n'avait pas semblé en être ébranlée. Elle était restée déterminée à suivre le groupe et à quitter son île natale, même dans un voyage risqué :

— J'ai attendu toute ma vie ce moment. Je viens avec vous !

— Tu as rempli ton engagement envers nous, Syphelle. Je serai de retour et je viendrai te chercher dès que j'en aurai terminé de cette affaire.

— Non ! avait insisté la jeune guerrière. Je veux venir avec vous ! J'ai une grande confiance en vous, seigneur Ambrosium, mais nul de nous ne peut affirmer que vous allez réussir votre mission. Si je ne saisis pas cette occasion, il est possible que je passe complètement à côté de ma destinée.

Merlin avait été étonné de sa détermination et avait accepté finalement qu'elle poursuive sa route avec la troupe, mais à condition qu'elle se plie à ses ordres.

De l'autre côté du portail de transport, la façade était aussi de glace. Elle était encastrée dans la devanture d'une étrange construction pyramidale faite de larges blocs de pierre grossièrement rassemblés en forme de triangle allongé, mais, tout autour, rien que de la neige et de la glace. Au loin, on pouvait distinguer le début de montagnes escarpées et, avec elles, on espérait la présence d'une forêt de conifères. Il fut convenu de s'y rendre sans délai.

La marche s'avéra laborieuse, toutefois, et le paysage accidenté et glacé ajouta aux difficultés. À peine quelques heures dans leur nouveau milieu et il fut apparent que le groupe devait trouver un abri au plus vite. Merlin aurait bien voulu se transformer et profiter de la vue aérienne du faucon, mais il hésitait à révéler ce talent à leur nouvelle compagne. Bredon, comme s'il devinait ses pensées, vint lui demander :

— Tu regardes le ciel de plus en plus fréquemment, Merlin. Pourquoi ne prends-tu pas la forme du faucon ? Est-ce la présence de Syphelle qui te pousse à la prudence ?

— Tu vois à travers moi, Bredon. Je vais commencer à me sentir nerveux en ta présence ! répondit-il à la blague.

— Eh bien, il est drôle de voir les rôles inversés pour une fois !

Merlin décida alors qu'il ne fallait pas qu'il s'impose trop de contraintes devant leur nouvelle alliée ; le résultat pourrait avoir des répercussions graves sur la troupe. Il arrêta donc la marche et annonça au groupe ce qu'il souhaitait faire. La jeune guerrière sembla intriguée, mais, étonnamment, aucunement dubitative. Merlin s'éloigna donc, après avoir confié sa monture à Sybran, et entra en transe pour utiliser la métamorphose animale. Alors que tous le regardaient, sauf Galegantin qui sommeillait encore sur le dos de sa grosse monture, Merlin commença à rapetisser et les contours de son corps se transformèrent pour prendre ceux d'un faucon émerillon presque identique à son compagnon habituel. Merlin-faucon jeta un regard au groupe et s'envola vers le ciel, grimpant bien haut afin d'observer les environs.

L'air glacial n'avait pas la même texture que l'air tempéré, mais Merlin-faucon n'eut pas trop de difficulté à s'y adapter. D'ailleurs, la marque de Blaal le protégeait complètement de la piqûre du froid. Il vola vers la destination que s'était donnée la troupe et arriva en peu de temps assez près de la base des montagnes pour en distinguer les détails, la vue perçante de l'animal dont il avait adopté la forme décuplant ses sens. Il remarqua un endroit approprié assez rapidement et retourna auprès de ses compagnons pour les y guider. Merlin reprit sa forme normale et informa les autres de son plan d'action. Les aventuriers, qui avaient pris soin de manger un peu et s'étaient reposés pour la suite des événements, se remirent aussitôt en route.

Le trajet se fit de plus en plus pénible, et l'approche rapide de la nuit et du froid supplémentaire rendit l'exercice encore plus insupportable. Mais les compagnons tinrent bon et arrivèrent enfin à l'endroit que Merlin avait repéré un peu plus tôt.

Les difficultés auxquelles le groupe faisait face semblèrent soudain bien apparentes. Le site était dépourvu de boisés et de la ressource animale qu'on aurait pu y trouver. Aucun refuge naturel ne s'offrait eux et leur équipement limité ne permettait que peu de possibilités pour s'abriter. Il fallait absolument faire quelque chose. Merlin eut alors l'idée d'ériger un abri avec les peaux de loup marin que la troupe trimballait avec elle. Sybran n'était cependant pas convaincu qu'il s'agissait là d'un bon plan :

— Mais, Merlin, tu sais comme moi que les peaux ne sont pas assez grandes pour cela. Et que prendront les hommes pour s'abriter et se protéger du froid ?

— Tu verras, Sybran, fais-moi confiance. De toute façon, nous allons geler comme des glaçons si nous ne faisons rien.

Merlin récupéra les peaux de loup marin qu'il avait apportées ; une première que tout le monde avait déjà vue, et deux autres qu'il avait placées dans son gros coffre de voyage, lequel il transportait dans son sac fée. Quand Syphelle vit Merlin sortir l'énorme coffre de son tout petit sac, elle comprit que le jeune chef de la troupe cachait encore bien des tours et fut surprise de sa prévoyance. Merlin demanda alors aux hommes de l'aider et de se placer autour de la plus grande des peaux. Il entra ensuite dans une concentration mystique et appela le sortilège de transformation des matières naturelles qu'il connaissait bien. Sous l'influence de son pouvoir, la peau sembla s'assouplir et devenir élastique. Les hommes comprirent aussitôt le rôle qu'ils avaient à jouer, et bientôt, à force de l'étirer, la peau avait augmenté par dix fois sa taille originale, sans y perdre trop d'épaisseur et de solidité. Ils recommencèrent avec les autres peaux, et peu après, la troupe disposait de trois énormes pelages aux formes parfaitement adaptées pour se constituer un abri.

Un petit escarpement de roches fut choisi pour servir de support au gîte et les hommes disposèrent les peaux sur les trois longues lances du chevalier convalescent, avant de solidifier le tout avec une ceinture de pierres larges et plates. Marjean mit aussi ses lances de cavalier à la disposition du groupe afin de soutenir le lourd toit de leur tente improvisée. Une fois terminé, l'abri permettait à toute la troupe, ainsi qu'aux montures des cavaliers, de prendre refuge derrière la membrane naturelle, étanche au vent et à l'eau. Sybran alluma un petit feu avec le reste du bois et, rapidement, l'intérieur de la tente devint chaud et confortable.

Pendant que chacun disposait son équipement et préparait sa couche sur la troisième peau étendue au sol, Sybran annonça :

— C'est tout le bois que nous avons, Merlin. As-tu un autre truc à nous proposer ?

Il ne restait presque plus rien à brûler. Merlin s'approcha du feu et commença à murmurer une lente évocation. Il posa les mains au-dessus des flammes et celles-ci prirent la couleur caractéristique du feu élémentaire : une teinte blanche et brillante. Le druide déclara ensuite :

— J'ai fait appel à une entité élémentaire grâce aux flammes de notre feu et elle va y vivre et nous réchauffer tant que nous pourrons la garder auprès de nous.

— Et que devons-nous faire pour la garder avec nous, Merlin ? l'interrogea Bredon.

— Si nous avions suffisamment du bois à lui offrir, cela irait. Mais puisque nous n'en avons pas beaucoup, il faudra lui en donner petit à petit et garder son intérêt en lui racontant des histoires.

— Des histoires ? Au feu ? Mais quel genre d'histoires ?

— N'importe quoi : des histoires sur votre famille, vos amis, vos faits d'armes. Tant qu'elle demeurera intéressée par ce que vous lui raconterez, la flamme restera avec nous.

Les hommes, tout comme Syphelle, furent désignés en ordre pour tenir à tour de rôle compagnie au feu, lui raconter des histoires et lui chanter des chansons. Cet exercice permit à la guerrière d'en apprendre plus sur chacun de ses compagnons, hormis Galegantin bien sûr, toujours mal en point, et ceux-ci sur la nouvelle venue. Même Merlin prit sa place dans les tours de garde des flammes bienfaitrices. Mais avant, il devait manger et se reposer pour se ressourcer. Il aida Bredon à préparer la couche du colosse et, après s'être assuré de ses progrès dans sa guérison, il s'enveloppa dans une épaisse couverture faite de sa cape enchantée pour récupérer un peu.

Le jour suivant, Merlin se réveilla et remarqua que chacun avait bien rempli son rôle. Il prit donc à son tour la responsabilité du feu. Ensuite, il avala un peu du gruau qu'avait préparé Sybran à partir des vivres de la troupe et alla à l'extérieur se soulager et observer la petite vallée qui les protégeait un peu contre la violence des vents.

Merlin rentra et s'installa sur sa couche. Chacun des hommes reconnut dans ses mouvements les manières caractéristiques que le jeune seigneur adoptait lorsqu'il s'adonnait à l'étude. Merlin passa ainsi plusieurs jours à observer et analyser sans relâche le gros bouton du manteau du prince Ymir qu'il portait avec lui. Il s'arrêtait seulement pour manger, prendre son tour autour du feu et dormir un peu.

La troupe était maintenant bien installée dans sa routine, et déjà certains s'entraînaient dehors avec Sybran pour éliminer le stress d'une si grande promiscuité et profiter des leçons expertes du valeureux guerrier. Marjean complétait maintenant en y tenant le rôle de cavalier. Merlin remarqua comment les hommes avaient rempli chaque trou de leur abri de mousse et d'autres branchages d'arbustes. Il fut impressionné du soin avec lequel on avait recouvert le sol sous les bêtes d'un épais couvert de mousse et de copeaux de branches coupés à la main. Pour sa part, il effectua, à l'occasion, une manipulation élémentaire de l'eau sur l'urine des bêtes, l'évacuant magiquement au dehors de l'abri, question de ne pas empester l'intérieur de la tente. La troupe se nourrissait toujours des vivres qu'elle avait apportés et puisait de l'eau d'un ruisseau partiellement gelé, à proximité. Les bêtes étaient nourries du grain que Merlin transportait dans des grosses poches, à l'intérieur de son coffre de voyage, rangé dans son sac fée. Cormiac et Jeanbeau chassaient le petit gibier parmi les arbustes qui couvraient, par-ci, par-là, l'ensemble de la vallée. À cette cadence, les compagnons allaient pouvoir subsister près de dix jours.

Après de longues heures d'étude et de méditation, Merlin parvint enfin à repousser la dernière barrière qui empêchait le pouvoir magique du marqueur de fonctionner, et soudain, comme un rayon ondoyant de lueur rosée, la trace qui menait à la dame Myripale se révéla à lui. Il l'annonça aussitôt à ses compagnons, qui attendaient avec hâte un changement à la routine et l'espoir d'un quelconque progrès dans leur périple.

Galegantin récupérait lentement et il fut décidé que la troupe se séparerait en deux : une partie des hommes resterait avec le grand chevalier et les bêtes, l'autre partirait avec Merlin à la recherche de la porte qui menait au domaine du prince Ymir. Tano et Cormiac accompagneraient Merlin ; le premier, parce qu'il portait la marque de Blaal et que le froid n'avait pas d'emprise sur lui ; le deuxième, parce qu'il possédait la plus grande résistance naturelle aux éléments parmi les hommes de la troupe. Enfin, Syphelle demanda de se joindre au petit groupe qui partait en évoquant qu'elle avait promis de se plier aux ordres de Merlin seulement. Son chef hésitait, mais il savait la jeune femme amplement capable de se défendre, comme l'avaient constaté les hommes durant les pratiques quotidiennes organisées par Sybran.

— Mais comment allons-nous garder la flamme du feu satisfaite si tu emmènes le plus bavard de la troupe avec toi, Merlin ? demanda Sybran à la blague.

— Quoi ? répondit Cormiac, en tapant fortement l'épaule de Tano. Ton neveu est le plus bavard du groupe ? J'ai toujours cru que c'était toi, Sybran !

Et la troupe comprit tout de suite la satire dans le commentaire sur le taciturne Sybran le Rouge.

Les hommes se saluèrent et se souhaitèrent mutuellement chance et courage.

— Prends soin de toi et des autres, Merlin, demanda Galegantin qui recommençait à peine à se tenir debout.

— Et toi, prends soin de nos hommes, dit-il au colosse en échangeant un regard discret avec Sybran et Marjean.

— Je ferai de mon mieux dans les circonstances, affirma le fier chevalier comme si cela allait de soi.

Même affligé ainsi, Galegantin restait un chef impressionnant et un formidable guerrier, et cela, tous le reconnaissaient.

Merlin et sa compagnie voyagèrent pendant plusieurs jours, avec comme seul guide le marqueur enchanté que portait le jeune druide avec lui. Il le consultait fréquemment et la troupe tentait de suivre les repères, en contournant occasionnellement un pied de montagne ou un accident du terrain, car le marqueur ne tenait pas compte du pas des hommes. Le soir venu, les compagnons se blottissaient les uns contre les autres, Merlin et Tano à chaque bout, pour conserver la chaleur. Merlin commandait alors à sa cape de les recouvrir sous la forme d'une grosse fourrure. Étonnamment, celle-ci fonctionnait parfaitement malgré le froid quasi polaire, comme si elle profitait des effets de la marque de Blaal que portait son maître.

Les voyageurs ne rencontrèrent aucune présence et ne s'en étonnèrent guère ; le pays n'offrait rien en cette saison que froid et misère. Ils suivirent donc, sans trop y réfléchir, la trace magique qui les conduisit jusque dans les hauteurs d'une immense montagne où la température chuta et le vent s'intensifia encore, de manière à leur laisser l'impression que le climat des basses terres avait été doux en comparaison.

La survie de Cormiac et Syphelle commençait à inquiéter Merlin ; même Tano semblait s'en soucier. Heureusement, la troupe entra à un moment dans un col perdu à l'abri des grands vents. Les voyageurs s'y aventurèrent, toujours guidés par le marqueur que portait Merlin, et repérèrent enfin une trace impressionnante de la présence des géants des glaces : deux portes massives d'une hauteur titanesque.

Les portes à double battant s'élevaient sur une hauteur de plusieurs dizaines de fois la taille du plus grand des hommes et même de plusieurs fois celle du géant Barenton. Leur largeur était telle qu'il serait difficile pour le meilleur des lancier de projeter son arme d'hast d'un côté à l'autre. Les battants eux-mêmes étaient faits de pierres et d'immenses troncs d'arbres ouvragés, le tout renforcé de massives pièces de métal et semblant couvert d'une épaisse couche de glace bleu-blanc qui brillait faiblement d'un enchantement magique. Les compagnons avaient trouvé le portail qui menait au domaine d'Hyperborée du prince Ymir : les portes de glace.

12

La première préoccupation de Merlin devant les immenses portes doubles recouvertes de glace fut de trouver un moyen de les ouvrir afin d'accéder au domaine du fourbe prince Ymir. Il invita ses compagnons à chercher une faille dans l'imposante surface de glace qui semblait mener directement à l'intérieur de la montagne.

— Tu crois, Merlin, que le géant et ses sbires habitent un domaine au creux de la montagne ? lui demanda Tano.

— Non. Les portes sont une limite symbolique ; elles fonctionnent un peu comme le portail de transport de la grotte du géant Udoch et permettent de franchir la barrière entre les mondes. Ces portes-ci doivent conduire directement en Hyperborée : le domaine du prince Ymir.

— Ah ! consentit le lancier timidement.

Et il partit sur la gauche pour inspecter la surface des portes de ce côté. Mais avant qu'il ne s'éloigne trop, il entendit Cormiac demander à son tour :

— Ne crois-tu pas qu'il serait sage que chacun reste prudent, Merlin? S'il y a des portes, il y a forcément une garde.

Cormiac disait peut-être vrai. Merlin y réfléchit un moment et acquiesça :

— Tu as probablement raison, Cormiac, mais je doute que quiconque soit passé par ces portes depuis un long moment. Il ne fera toutefois pas de mal d'être sur nos gardes.

Les compagnons poursuivirent leurs recherches sur l'ensemble de l'entrée, mais en vain. Aucune faille sur l'épaisse couche de glace n'offrait l'espoir d'y pénétrer. Merlin s'installa à même le sol, sur un pan de sa cape, et médita longuement devant les immenses portes en se questionnant sur la suite que devraient prendre les événements.

Il se rappela une conversation avec Ninianne où il avait été question que le prince Ymir avait procédé à la fermeture des portes donnant accès à son domaine. Il se demanda si les ondins avaient réussi à se rendre jusqu'ici et comment ce peuple aquatique avait pu y arriver. Il vérifia que le marqueur indiquait bien le chemin devant lui et grimaça quand il en eut la confirmation. Était-ce possible que son expédition vers le nord soit un échec? Merlin jurait en silence en s'assurant de ne pas avoir été remarqué par les trois autres.

Il entra en transe méditative dans l'espoir d'avoir une idée sur la prochaine étape à suivre. Pendant ce temps, Tano et Syphelle préparaient le bivouac de la prochaine nuit, tandis que Cormiac essayait d'escalader la paroi à côté de la porte à la recherche d'une faille plus haut dans la barrière glacée. Le brave Breton tentait de s'agripper à mains nues à la roche froide et dut rapidement abandonner, car bientôt il ne sentit plus le bout de ses doigts. Quand Merlin revint enfin du plus profond de sa méditation, le petit groupe de compagnons s'était installé tout autour de lui et, bien au chaud sous leurs couvertures et leurs épaisses peaux de cuir de loup marin, ils mangeaient un peu des vivres qu'ils avaient apportés. Cormiac indiqua d'un petit coup de tête à Tano que Merlin avait émergé de sa transe.

— Tiens, Merlin, mange un peu.

Merlin accepta et, surpris de le voir emmitouflé de la sorte, demanda à Tano :

— Pourquoi t'es-tu abrié ainsi ? Commences-tu à souffrir du froid comme les autres ?

— Non, Merlin, je trouve cela réconfortant, c'est tout.

Le jeune druide comprenait tout à fait. Il avait lui-même commandé à sa cape de l'envelopper, comme pour se protéger du froid qui n'avait pourtant que peu d'effet sur lui. Il tourna enfin son attention vers les deux autres :

— Et vous, les amis, comment ça va ?

Cormiac répondit en premier :

— Le vallon est moins exposé que les flancs de la montagne, mais je crains que nous devrons retourner auprès des autres, bientôt. Les quelques vivres que nous avons apportés s'épuisent et je crois qu'il serait plus judicieux de mettre tes propres ressources au profit de tous, en particulier si l'ouverture de ce passage s'avère impossible.

Merlin approuva de la tête.

— Et toi, Syphelle, ça va toujours ?

— Ça va aller… dit-elle, sans trop de conviction.

— Au moins, ici, il n'y a pas de moustiques, déclara Cormiac.

À ces mots, la jeune femme pouffa de rire, imitée aussitôt par les autres. La bonne humeur et l'optimisme contagieux de Cormiac gagnaient toujours. Merlin se demanda si c'était justement là que résidait le secret du succès de son ami auprès des jeunes femmes.

Il fut convenu que Merlin informerait les trois autres de ses intentions le lendemain matin. Il allait d'abord laisser la nuit lui porter conseil. Les voyageurs échangèrent encore un peu et s'installèrent ensuite pour dormir. Pendant un bon moment, Merlin n'arriva pas à fermer les yeux ; le sort de ses amis dépendait de ses décisions et il cherchait désespérément une solution. Il écouta longuement les murmures du vent dans la nuit et frissonna malgré lui, non du froid mais plutôt de l'inquiétude qu'il avait pour les gens sous sa responsabilité.

Ce soir-là, le jeune druide eut un rêve étrange : il y vit un être géant à la longue barbe blanche se pencher sur lui pour mieux l'observer. L'immense homme semblait rire de lui. Il sentait son souffle froid lui glacer le sang et entendait les sanglots lointains d'une femme. Le rêve tourna au tragique quand Merlin se retrouva mystérieusement emprisonné dans un bloc de glace, transparent comme le cristal. Il ne pouvait plus bouger ni parler, et n'entendait que les battements tonitruants de son cœur…

Au réveil, tous les compagnons se montrèrent bien éprouvés. Chacun avait connu sa propre version de l'étrange rêve et leur sommeil en avait été fort perturbé. Merlin se leva et rassembla ses affaires. Il s'avança de nouveau vers les portes et posa une main sur la paroi d'une d'elles. Il récupéra ensuite sa dague de sa ceinture et piqua la surface glacée de manière à dégager une partie de de la gigantesque porte. Merlin put alors toucher directement le battant de pierre et de bois. Il perçut ce qu'il cherchait et entra en transe clair-voyante, ce qui lui permit de projeter son regard au-delà de la barrière, à l'intérieur même du domaine des géants de glace. Merlin avait la capacité extraordinaire d'utiliser ce pouvoir sans avoir besoin d'une surface réfléchissante, contrairement aux autres druides.

Lorsque son regard passa de l'autre côté du portail, il aperçut une vaste vallée rocheuse, couverte de neige et de glace ainsi que d'arbres géants. Sur un côté, une tour de garde s'élevait à proximité de la porte. Merlin projeta son regard clairvoyant plus loin encore et y pénétra en franchissant l'impressionnante issue de pierre à sa base. Il poursuivit ses observations en se déplaçant vers un poste d'observation où se trouvaient deux immenses personnages aux traits caractéristiques des géants de glace : comme Udoch, ceux-ci étaient de très grande taille et avaient la peau recouverte d'une armure de glace qui donnait l'impression d'être vivante. Les deux gardes semblaient discuter entre eux de choses et d'autres, mais ne paraissaient pas trop se soucier de surveiller le passage qui menait à leur poste d'observation. Merlin pouvait percevoir des bribes de leur conversation – encore un avantage que le jeune druide avait sur la méthode habituelle d'utiliser ce pouvoir – mais rien qui lui semblait d'intérêt. Il eut alors une étrange sensation et retourna son attention vers les sens de son corps.

Cormiac, qui se tenait à ses côtés, lui demanda :

— Tu veux que j'ouvre plus grand ?

Et il martela la porte de sa lourde hache pour montrer qu'il pouvait aussi en dégager une portion. Du point de vue de Merlin, l'expérience prenait une forme étrange : il percevait toujours l'image des géants discutant entre eux, et, en « superposé », il regardait Cormiac frapper la glace de son arme pour atteindre la pierre derrière. Merin entendait le choc sourd des coups de Cormiac sur la porte, mais sa clairvoyance, ou plutôt sa clairaudience, lui faisait entendre résonner les coups de manière surnaturelle sur toute la surface de la porte. Il en conclut que la nature particulière de la hache qu'il avait enchantée pour son compagnon, dans le passé, avait un effet inhabituel sur les portes de glace et que le son des coups violents passait à travers les mondes, comme pour sa vision, pour se rendre jusqu'au domaine magique.

— As-tu entendu ? demanda un des géants à l'autre, alors que tous deux tendaient soudain l'oreille.

Les chocs sourds continuaient et Merlin restait immobile, comme subjugué par l'expérience. Les géants se levèrent et l'un d'eux descendit au palier inférieur, pour ensuite prendre la direction des portes. Le jeune druide le suivit et vit comment la créature s'avançait en écoutant. Le géant signala alors à son collègue de sonner l'alarme. Aussitôt, un haut cri d'olifant se répandit dans toute la vallée et Merlin comprit que les deux gardes avaient appelé à l'aide. Il revint à lui un moment pour ordonner à Cormiac :

— Arrête ! Tu as alerté les gardes.

Le guerrier à la hache cessa de frapper et recula d'un pas, tandis qu'il attendait la suite des instructions de son chef. Merlin restait immobile, à nouveau concentré sur la vision de l'autre côté de la barrière. Il aperçut soudain une forme se matérialiser directement dans la neige pour apparaître devant le garde géant arrivé à la base de la porte. Un autre géant, de toute évidence de rang supérieur aux deux autres par les pièces soigneusement ouvrées de son armure et les motifs élégants des torsades de sa barbe et de ses cheveux, demanda dans l'ancienne langue :

— Qu'y a-t-il, Ûk ? Pourquoi as-tu fait sonner l'alarme ?

— J'ai entendu frapper à la porte…

Le chef s'approcha alors et, tout en plaçant une main contre la paroi hyperboréenne d'un des battants, évoqua un miroir de clairvoyance « conventionnel ». Merlin sortit aussitôt de sa transe et recula rapidement pour se placer là où ses compagnons et lui avaient dormi, la nuit précédente.

— Cormiac ! Viens tout de suite ici. Vous aussi, compléta-t-il, à l'intention des autres.

Puis il évoqua aussitôt une manipulation élémentaire du vent pour effacer toutes les traces que la petite troupe avait laissées auprès des portes de glace.

— Couchez-vous ! souffla-t-il alors qu'il commandait à sa cape enchantée de les recouvrir et de prendre l'aspect de la neige.

Juste à temps, d'ailleurs, car un miroir de communication se formait déjà sur les portes et le visage du géant qui l'avait créé commençait à se dessiner sur sa surface.

— Udoch, est-ce toi ? fit le géant qui scrutait maintenant de ce côté-ci de la barrière. Tu sais bien que les portes d'Hyperborée sont scellées, n'insiste pas !

La voix du garde Ûk se fit ensuite entendre :

— Peut-être lui est-il arrivé quelque chose, mon seigneur ?

Les quatre amis demeuraient immobiles et silencieux. Merlin se concentra à nouveau et étendit sa clairvoyance derrière sa cachette blanche pour voir le regard de l'horrible géant inspecter le paysage devant ses yeux, sans rien y trouver d'anormal toutefois.

— Qu'est-ce qu'on fait maintenant, mon seigneur ?

— Il faut envoyer quelqu'un auprès d'Udoch et avertir les autres que quelque chose s'est passé ici. Ils devront être doublement prudents à l'autre porte…

Le miroir de clairvoyance se dissipa, laissant les compagnons à leur souffle retenu et leur cœur emballé.

Merlin commanda à sa cape fée de reprendre l'apparence normale d'une cape d'hiver. Il expliqua ensuite à ses amis ce qui s'était produit de l'autre côté des portes et ce qu'il y avait entendu. Il fallait faire vite, car un géant pouvait arriver d'un moment à l'autre et la petite troupe n'était certainement pas prête à l'accueillir.

Le jeune chef fit déplacer le camp un peu plus loin en s'assurant que le vent continue de faire disparaître leurs traces derrière eux. Les compagnons s'installèrent et se camouflèrent avec toutes leurs affaires dans la neige. Ils n'eurent pas à attendre très longtemps, car, avant même que le froid ne recommence à mordre à travers leurs vêtements, une grande créature prit forme juste devant la porte : c'était le chef des géants qui s'était tenu de l'autre côté de la grande barrière un moment plus tôt ! Le formidable géant était encore plus impressionnant en personne. Il faisait à lui seul près du tiers de la hauteur des portes et chacun de ses immenses pieds se comparait à une des longues lances de Galegantin. Il portait une imposante épée à la ceinture, qui faisait près de la moitié de sa taille. Les quatre compagnons l'observèrent dans le silence, une fois de plus camouflés par la cape enchantée de Merlin.

Le géant donna quelques coups d'un de ses poings massifs pour vérifier la solidité des battants et c'est alors qu'il remarqua les entailles laissées par les armes de Merlin et Cormiac. Il s'interrogea visiblement en marchant le long des deux portes de glace, espérant trouver plus d'indices, puis décida finalement d'abandonner ses recherches. Merlin le vit saisir un pendentif à son cou et son corps se dématérialisa aussitôt, juste après qu'il eût prononcé le nom d'« Udoch », dans un juron plein de mépris. Merlin et ses trois amis étaient de nouveau seuls dans la vallée.

Le jeune druide se releva et se rendit à l'endroit où le géant venait tout juste de passer. Les autres vinrent le rejoindre; Cormiac en outre semblait visiblement prêt au combat. Merlin observa de nouveau les grandes portes de glace. Il lui paraissait évident que le chef des géants était passé par une autre issue, «l'autre» porte, comme il avait dit. Ainsi, il y avait donc une autre manière d'entrer dans le domaine des géants de glace. Cormiac attira son attention vers le sol et l'interrogea :

— Tu vois cela? Qu'est-ce que c'est, selon toi?

Merlin se pencha et remarqua une fine poussière à la bordure d'une des traces que le géant avait laissées. Il en ramassa une petite quantité avec ses mains gantées et il l'observa. Les trois autres firent de même.

— Du sable… murmura Merlin.

— Rien que du sable, fit à son tour Tano.

Merlin en ramassa d'autres échantillons et rangea le tout dans une de ses poches.

— Il faut faire vite et rejoindre les autres pour les avertir qu'un géant est dans les parages, déclara-t-il.

— Je crois bien qu'ils vont le remarquer, Merlin, commenta Cormiac.

— Peut-être, mais il est essentiel qu'ils ne se laissent pas voir par lui. Nous devons nous y rendre tout de suite.

— Tu veux utiliser l'ouïg? proposa alors Tano.

— Qu'est-ce que c'est, l'ouïg? s'informa Syphelle.

— C'est la sphère de transport de Merlin…

Mais Tano interrompit son explication devant le regard sévère que lui jetait Cormiac.

— Non, j'ai une autre idée, coupa Merlin. Un petit truc que m'a appris une amie.

Il attendit que ses compagnons réunissent leurs affaires comme il l'avait déjà fait et les appela à lui pour que chacun le touche.

— Que vas-tu faire, maintenant, Merlin? demanda Cormiac, mi-sérieux, mi-curieux.

— Tu verras bien.

Et il appela un pouvoir qu'il avait pratiqué dans sa tête encore et encore durant ses longues heures de méditation et de recherche. Il imita ce qu'il avait vu Bevède faire et tenta de «passer» par l'eau. Non pas par l'eau d'une rivière ou d'un ruisseau, mais bien par celle sous leurs pieds, l'eau de la neige et de la glace.

Cette première tentative nécessita une part importante de ses ressources d'énergie mystique; d'abord parce qu'il ne maîtrisait pas encore tout à fait ce pouvoir et devait corriger rapidement ses erreurs, mais aussi parce que la première fois qu'on utilisait un pouvoir exigeait toujours un peu plus d'énergie, en raison du «mur», comme disaient les druides. Néanmoins, Merlin réussit son pari et les quatre compagnons se transformèrent en énergie pure, pour passer à vitesse vertigineuse de flocon de neige en flocon de neige jusqu'à l'endroit déterminé par Merlin: le site du camp de ses compagnons.

13

Un tremblement sourd fit réagir les bêtes et elles se mirent à piétiner nerveusement. Sybran le Rouge, qui avait acquis une solide expérience après plus de dix-sept ans de vie militaire, remarqua tout de suite l'avertissement. Il s'élança vers son arme d'hast et siffla à Bredon pour attirer son attention.

— Qu'est-ce que c'est? demanda à son tour Galegantin, qui se leva d'un bond en saisissant le manche de Durfer.

Il posa un pied sur le baudrier et la lame sortit de son étui en laissant échapper un tintement métallique que tous reconnaissaient.

— Un bruit, chevalier, mais je ne sais pas ce que c'est.

Soudain, des silhouettes étranges prirent forme devant le lancier et elles se solidifièrent pour devenir celles de Merlin, Cormiac, Tano et Syphelle. Sybran leva rapidement le bras pour faire signe aux autres de ne pas réagir.

— Mon seigneur Merlin, c'est vous? demanda le vieux lancier. Un jour, ces déplacements magiques feront mourir quelqu'un. Mon cœur a failli tourner en pierre!

— Bonjour à toi, Sybran. Et aussi aux autres. Je suis désolé de vous avoir surpris ainsi.

— Tu m'as fait si peur que j'ai déchiré mes braies en bondissant, déclara Bredon, alors qu'il empoignait son fond de culotte qui laissait maintenant passer la fraîche.

Les autres se moquèrent copieusement de lui. Une fois la farce passée, Merlin raconta aux hommes les événements des derniers jours. Cormiac y ajouta de nombreux commentaires et répondit bien souvent aux questions à la place de son chef. Sybran lui frappa légèrement le pied de sa lance, en fronçant les sourcils, pour qu'il laisse parler Merlin. Quand enfin le jeune seigneur eut complété son récit, Galegantin lui posa la question qui brûlait les lèvres de chacun :

— Que veux-tu faire maintenant ?

Merlin sortit une poignée de neige sale de sa poche et répondit :

— Je dois d'abord consulter ceci…

Les compagnons qui avaient suivi Merlin jusqu'aux portes de glace reprirent leur place dans la tente où brillait encore le feu magique, pour le moment sous les soins de Jeanbeau qui lui tenait compagnie. Galegantin allait beaucoup mieux et avait repris des forces. Après avoir annoncé à Sybran qu'il devait se reposer un peu, Merlin procéda à un nouveau nettoyage magique de l'espace sous les chevaux, puis alla s'étendre à l'endroit qu'il avait occupé quelques jours plus tôt. Tano expliqua à la troupe les raisons de leur retour rapide assisté par la magie et il fut convenu qu'à la première manifestation de l'arrivée d'un géant, Merlin serait aussitôt avisé. Cormiac termina d'organiser sa couche, puis il s'approcha du feu pour s'y réchauffer un peu. Il prit le relais sur Jeanbeau et répéta son récit des derniers jours – celui qu'il avait tenté de raconter aux autres –, mais cette fois au feu. Les jolies flammes prirent soudain un peu de vivacité.

— Ah, voyez! commenta Cormiac. Elles, au moins, sont intéressées par *tous* les détails de notre aventure!

Merlin émergea de son sommeil réparateur le lendemain, juste avant l'aube. Galegantin chantait une petite mélodie devant les flammes, alors que Sybran dormait en ronflant bruyamment. Le grand chevalier remarqua l'éveil de Merlin et le salua. Ce dernier lui fit un signe de tête, puis regarda tout autour de lui. Seul Bredon était absent. Merlin pointa sa couche et questionna Galegantin du menton.

— Il est de garde, dehors, confia-t-il entre deux couplets de chanson.

Merlin se releva, s'étira longuement et se rendit à l'extérieur, sa cape fée changeant de forme tout au long de ses mouvements pour se retransformer en belle cape d'hiver. Galegantin hocha la tête, incrédule, et murmura dans sa barbe :

— Diablerie !

Le jeune homme sortit de la tente, un sourire aux lèvres. Il repéra immédiatement Bredon du Mur qui marchait lentement, à la fois pour repousser le froid et pour chasser l'ennui d'une longue garde. Merlin remarqua tout de suite, dans sa cadence, le rythme typique des troupes en patrouille sur le mur d'Hadrien. Bredon y était né et, sans nul doute, il avait commencé sa vie militaire en imitant son père qui y était posté durant sa jeunesse. Merlin s'éloigna un moment pour vaquer à des besoins essentiels, puis il revint vers Bredon pour lui demander :

— Et puis, quelque chose ?

— Non, Merlin. Pas âme qui vive. Je crois que nous sommes assez loin du miroir d'Ymir pour ne pas être aperçus.

— Quelle chance que cette tempête des premiers jours ait effacé nos traces de pas !

Bredon acquiesça de la tête.

— Je vais rester un peu, va te réchauffer dans la tente.

— Es-tu certain ? Tu es après tout le seigneur de Cerloise, lui lança Bredon à la blague.

— Nous sommes bien loin de Cerloise, mon ami, lui fit remarquer Merlin.

Son sergent le salua et rentra sous l'abri. Merlin commença à marcher lentement, en imitant précisément les gestes qu'il avait observés chez Bredon, en tentant de bien les apprendre et de les comprendre. Il y avait certainement dans ce savoir ancien et éprouvé des stratégies aussi utiles que ses propres pouvoirs druidiques.

Un peu plus tard, lorsque Merlin retrouva la chaleur de la tente, il s'approcha de la pierre plate où il avait placé toute la neige et le sable qu'il avait ramassés au pied des portes de glace. Il prit soin de ne pas en échapper et effectua une petite manipulation élémentaire pour regrouper les grains dans une belle petite pile conique. Galegantin et Marjean se regardèrent, intrigués.

— Qu'est-ce que tu veux faire de ce sable, Merlin ?

Merlin leva les yeux vers ses amis et dit :

— Ce sable entourait les traces de pas du géant. Il provient probablement de l'endroit qui lui a permis d'entrer dans notre monde. Je donnerais ma cape enchantée en gage que ces grains ne proviennent pas de cette île glacée.

— D'où proviennent-ils, d'après toi ? demanda Galegantin.

— Je ne le sais pas encore…

Il approcha la pile de sable des flammes pour mieux l'observer. Le geste saccadé de son changement de position faillit lui faire répandre tout son sable, mais Merlin réussit quand même à en garder le contrôle. À ce moment précis, Syphelle passa près de lui et se prit le pied dans un pli de la peau de loup marin par terre, la faisant perdre l'équilibre. Galegantin bondit aussitôt et la rattrapa avant qu'elle ne heurte le sol, mais pas sans frapper dans son élan l'épaule de Merlin, faisant finalement tomber la pile de sable dans le feu.

— Ah non ! Mais, foi de Gwydion, fais attention, grosse brute ! jura Merlin.

147

Galegantin remit la guerrière reconnaissante sur ses pieds, puis se confondit en excuses à son jeune ami :

— Désolé, Merlin. Je suis franchement désolé. T'en reste-t-il encore un peu ?

Merlin regarda le sable presque entièrement dispersé et se frappa le crâne de sa main libre.

— Il n'en reste plus assez. Je ne sais pas comment je ferai pour savoir d'où il provient ce sable, maintenant !

Merlin se sentait terriblement frustré. Même s'il n'en voulait pas trop à Galegantin pour sa galanterie, il était tout de même en colère d'en avoir fait les frais. Soudain, il perçut une petite voix qui se faisait entendre dans sa tête : « Moi, je sais… »

— Qui a dit ça ? demanda-t-il tout haut.

Galegantin, Marjean et Syphelle se regardèrent, surpris..

— Qui a dit quoi ? questionna enfin Marjean.

— Moi, je sais…

Merlin regarda tout autour de lui à la recherche d'une petite fée ou d'un lutin. « Moi, je sais… » entendit-il encore.

L'attention de Merlin se tourna alors vers les flammes. Il observa bien les lames de feu, puis y distingua une petite forme qui retournait son regard. Bien qu'il avait vu plusieurs choses incroyables dans sa courte vie, rien ne l'avait préparé à cela. Là, au-dessus des braises, sa petite entité conjurée lui adressait la parole.

Merlin demanda le silence à ses compagnons d'un geste et s'adressa ainsi aux flammes :

— Je suis Merlin de Moridunum. Est-ce toi qui me parles ainsi ?

— Bien sûr que c'est moi. Qui d'autre est dans ce feu ?

Merlin esquissa un sourire et le partagea avec les deux chevaliers, qui ne comprenaient pas trop ce qui se passait.

— Tu dis que tu connais le lieu d'où provient ce sable ?

— Oui, je le connais. D'ailleurs, tous les gens de mon peuple le connaissent. Il s'agit du puits de Pyros.

— Le puits de Pyros ? Mais où puis-je le trouver, ce puits ?

— Il se trouve dans le grand désert.

Par « le grand désert », Merlin se demanda s'il pouvait s'agir du légendaire désert qui bordait la partie septen-trionale de l'Afrique.

— Ce désert est-il situé plus au sud, près de la mer du milieu, la « Mare Nostrum » des Romains ?

— C'est bien cela, confirma simplement l'entité de flammes.

— Peux-tu me dire dans quelle partie de ce vaste désert ?

— Dans la région du couchant…

— Et comment peux-tu affirmer que ce sable provient effectivement de cet endroit?

— Peut-être que pour toi les grains de sable se ressemblent tous, mais pour moi il en est tout autre. Ceux du puits de Pyros possèdent une couleur et un arôme uniques; ils sont le résultat de l'action de la fontaine de flammes sur le sable à cet endroit.

Merlin interrogea encore un peu l'entité mais dut conclure que les repères manquaient trop pour obtenir un lieu précis dans cet incommensurable désert. Toutefois, il en savait déjà beaucoup.

— Qu'est-ce que les flammes racontent? demanda enfin Galegantin.

Merlin partagea avec ses compagnons le fruit de sa discussion avec l'entité. Il semblait que les géants de glace passaient par une porte cachée près d'un puits de flammes, loin des régions froides où l'on se serait attendu à trouver un tel portail.

N'eût été des grains de sable trouvés dans la neige et de l'accident qui les avait fait tomber dans la seule flamme habitée par une entité du feu élémentaire, jamais Merlin ne se serait attardé à la possibilité qu'une porte vers Hyperborée se retrouve dans un désert, près d'un puits de feu. «Un désert!», pensa-t-il. Merlin remercia la petite entité et lui demanda comment il pourrait la récompenser pour ces informations. Elle demanda que le volubile Cormiac vienne encore lui raconter de ses nombreuses aventures et mauvais coups. Merlin répéta le tout aux chevaliers.

— Ah! vous voyez, je vous l'avais dit! lança Cormiac qui s'était réveillé pour écouter ce que disait Merlin. Et le brave gaillard s'approcha du feu avec fierté pour lui raconter de nouvelles histoires.

Merlin s'éloigna du camp un moment et récupéra un tout petit voile de son sac fée : le minuscule foulard diaphane de la fée Annanielle. Il le plaça au creux de sa main et referma doucement ses doigts autour. Il se concentra ensuite sur l'image de la petite fée et, dans le temps qu'il faut pour faire chauffer le contenu d'une marmite sur le feu, Annanielle apparut devant Merlin dans un éclat de lumière :

— Brrr. Comme il fait froid ici, se lamenta-t-elle de sa petite voix d'outre-monde.

— Bienvenue, Annanielle, dit Merlin en se levant pour la saluer bien bas.

Il observa alors les vêtements légers de la fée se transformer en habits chauds d'hiver, le tout agrémenté d'un joli col de fourrure.

— Bon! C'est mieux comme ça. Que puis-je pour toi, ami Merlin?

— J'ai fait appel à toi pour retrouver quelqu'un. J'ai voyagé l'année dernière sur le navire d'un capitaine de la mer du milieu…

La petite fée fronça les sourcils; Merlin comprit qu'il utilisait trop de mots et pas assez d'émotions. Il rassembla donc une image claire de ses souvenirs et de ses impressions émotives.

— Ah! déclara, satisfaite, la jolie petite fée. Je vais voir si je peux le trouver pour toi. Y a-t-il autre chose?

Merlin se concentra sur l'image de Ninianne, mais aussi sur les bons sentiments qu'il portait à la petite messagère :

— Hi! hi! hi! gloussa Annanielle en recevant la pensée.

Elle tourbillonna de plaisir devant lui et le salua :

— À bientôt, Merlin.

Puis, la petite fée disparut aussitôt, ayant compris toute l'urgence de la situation dans les sentiments de Merlin. Le jeune druide resta pensif un moment, puis retourna auprès des autres pour leur demander de se préparer pour un départ imminent.

Comme prévu, la fée Annanielle retrouva rapidement l'objet de la demande de Merlin. Elle lui réapparut furtivement, un peu plus tard dans la journée, pour l'informer de son succès. Merlin lui confia un nouveau message, puis il s'adressa à Sybran pour organiser le démantèlement de la tente et du camp. La troupe procéda sans délai et Merlin demanda qu'on lui apporte les peaux de loup marin roulées ensemble. Il les purifia de toute souillure, les saupoudra d'une pincée de poudre de perlimpinpin, puis les inséra ensuite dans son sac fée, avec tout le reste de son équipement. Enfin, il prit un moment pour remercier la petite entité de flamme conjurée et lui annonça leur départ.

— Rappelle-moi si tu as de nouveau besoin de moi, dit-elle avant de retourner dans son monde.

Merlin ordonna ensuite que les yeux des chevaux soient bandés, s'occupant lui-même de sa petite monture. Il se concentra pour étendre une transe calmante aux bêtes et demanda à ses compagnons de se rassembler pour un transport avec l'ouïg.

— Prends ma main, Syphelle, et prépare-toi.

La jeune femme la saisit avec un peu d'hésitation mais ne posa pas de question.

— Tu veux voyager ? ajouta Merlin. Eh bien, tu vas être servie.

Il jeta un dernier regard aux hommes qui avaient formé, forts de leur expérience précédente, une chaîne ininterrompue entre eux et les bêtes, puis leur demanda :

— Vous êtes tous prêts ?

— Prêts ! répondirent-ils à l'unisson.

La troupe se dématérialisa aussitôt dans un brillant éclair de lumière. L'éclat éblouissant dans le début de la nuit fut à peine remarqué par le géant posté près de la pyramide du miroir d'Ymir de Thulé. De toute façon, il était trop tard pour qu'une enquête permette de repérer la troupe qui avait campé plus d'une semaine dans la vallée enneigée. Les compagnons parcoururent, en moins de temps qu'il n'en faut pour le battement d'un cil, la grande distance qui les séparait de leur destination. La compagnie d'hommes, de femme et de bêtes réapparut dans le même ordre qu'elle était partie ; un ordre précisé avec soin par Merlin. Elle n'était plus désormais sur le sol glacé de Thulé, mais bien sur le pont de bois d'un navire bercé par la mer du milieu.

14

— Par la barbe des prophètes! Ce prodige est bien plus surprenant que ce que j'aurais imaginé, jeune maître.

Merlin, comme tous les autres, se retourna vers l'homme qui avait parlé. Il libéra la main de Syphelle et rangea le fabuleux ouïg dans le coffre que tenait Sybran pour lui:

— Bonsoir, capitaine Usem. Il est bon de vous revoir. Je vois que vous êtes seul…

— Non, mon jeune ami. Un de mes hommes est resté de garde sur le quai.

À ce moment même, un marin montait en courant la rampe qui joignait le navire marchand au quai, attiré par la forte lueur qui avait éclairé la noirceur de la nuit. L'homme s'arrêta net à la vue du groupe de Bretons et de la femme devant lui et demanda, incrédule, dans un latin exécrable:

— Qu'est-ce que…?

— Calme-toi, Isul! Va! Retourne chercher les autres. Le chevalier ici présent me servira de protecteur pendant ce temps. Et ne dis rien de ce que tu as vu ici, ce soir !

Il se tourna ensuite vers Galegantin, qui avait maîtrisé l'insécurité de sa bête et de celle de Merlin.

— Bonsoir, chevalier ! Je suis heureux de vous revoir, vous et vos amis.

— Bonsoir, capitaine. Il faut pardonner nos manières et les diableries de celui-ci, ajouta-t-il en désignant Merlin.

— Je dois avouer que je n'aurais jamais cru la chose possible si un djinn n'était pas venu me l'annoncer en personne.

Galegantin resta intrigué, mais Merlin comprit que le djinn était probablement la fée Annanielle qui avait usé d'un déguisement. Le jeune druide avait entendu parler des esprits du désert qui jouaient des tours aux voyageurs isolés et, parfois même, réalisaient leurs vœux les plus chers. Mais pourquoi la fée s'était-elle fait passer pour quelqu'un d'autre, et comment avait-elle fait ? Il chassa cette question de son esprit et entra dans la cabine avec le capitaine et les deux chevaliers pour expliquer les raisons de cette arrivée impromptue, et pour le moins étonnante.

Les hommes de bord, à qui le capitaine avait donné congé pour la soirée et une partie de la nuit, revinrent en petits groupes avant le lever du jour. Le sage marin avait, par cette permission de dernière minute, évité d'avoir à expliquer comment ses nouveaux passagers étaient arrivés à bord du navire. Usem avait eu cette idée après que son «génie» – en l'occurence la fée Annanielle – l'avait averti que Merlin et ses compagnons apparaîtraient, grâce à une magie puissante, directement sur le pont du navire en plein cœur de la nuit.

Merlin donna au capitaine la meilleure explication de ses motivations et des moyens qu'il avait pris pour transporter sa troupe entière avec lui. Le vieux loup de mer l'informa que son navire se trouvait dans le port d'Hippone sur la rive africaine de la mer du milieu, dans le royaume des Vandales. Merlin réalisa alors qu'il avait réussi son pari grâce à l'ouïg fabuleux et évité à ses compagnons plus d'un mois de voyage pénible en mer, le tout dans les meilleures conditions qui soient. Mais il restait encore beaucoup de choses incertaines pour lui, notamment le lieu précis où il pourrait trouver le puits de Pyros.

— Je peux te conduire où tu désires, jeune maître.

— Merlin est maintenant seigneur de Cerloise, capitaine, précisa solennellement le grand chevalier Galegantin. Son père, Aurèle Ambrosium, le roi de Logres et de Cerloise, n'est plus. Son oncle, Uther Pendragon, est maintenant roi de toute la Bretagne.

Le capitaine accueillit cette information avec tout le sérieux qu'elle méritait :

— Seigneur de Cerloise… J'ai toujours su que vous étiez plus qu'un simple druide, dit-il en montrant ses dents blanchies à la pâte d'écorces de noix.

Merlin sourit humblement.

— Et maintenant, ce prodige extraordinaire. N'y a-t-il pas de limites à vos capacités, jeune Ambrosium ?

— Il y en a, je vous l'assure, rétorqua Merlin en déposant une petite pile de pièces d'or devant le capitaine en guise de paiement et de compensation pour ses services.

— Où donc puis-je vous emmener, mon seigneur ?

— Je crains de ne pas le savoir encore. Mais vous dites que nous sommes à Hippone, n'est-ce pas ?

— C'est cela.

Merlin réfléchit un moment et ajouta :

— Je me rendrai au monastère du père Augustinus, un peu plus tard. Peut-être que quelqu'un pourra me renseigner là-bas.

En effet, la cité d'Hippone avait la réputation d'abriter un des monastères les plus célèbres de tout le monde chrétien. Son fondateur, le moine Augustin, était considéré comme un des grands collaborateurs de la pensée chrétienne, même plus de trente-cinq ans après sa mort, qui avait eu lieu lors du siège de la cité par les Vandales.

Au matin, Merlin descendit à terre avec les deux chevaliers et leur monture ainsi que la femme guerrière et il laissa les hommes à bord sous la garde de Cormiac. Sybran et Bredon iraient au marché trouver des vêtements plus légers pour la troupe.

Durant la traversée de la cité, le jeune druide, les deux chevaliers et leur compagne nordique se firent remarquer et, bientôt, un guerrier vandale vint à leur rencontre pour s'enquérir de leurs intentions. Il fut tout de suite intimidé par le chevalier herculéen et son noble cheval. Non pas que Marjean n'impressionnait pas, mais il portait encore une armure de cuir et semblait petit à côté du colossal Galegantin de Rocedon. La femme en armes attira aussi le regard, mais Syphelle était elle-même en état de fascination totale devant tant de bâtiments et de gens. Merlin concédait qu'une cité romaine, même si modeste, devait sembler immense pour quiconque avait passé sa vie dans un petit village insulaire. Il n'osait pas lui parler de Rome et encore moins de Constantinople, la première ville de l'Empire.

— Conduis-nous au monastère d'Augustinus, ordonna simplement Galegantin.

Le guerrier obéit sans trop réfléchir. Il guida les compagnons jusqu'à l'endroit demandé, mais empêcha les voyageurs d'entrer au dernier moment :

— La femme ne peut entrer, chevalier.

— Comment ? s'emporta Galegantin, plus par comédie que par réelle colère.

Une voix coupa net la discussion entre les deux hommes :

— Silence !

Les quatre hommes et la femme se retournèrent vers le portail blanc qui donnait sur le somptueux monastère, établi dans une ancienne résidence romaine. Un moine se tenait dans l'entrée, l'air sévère. Mais son attitude s'adoucit devant la réaction de modestie des visiteurs, et il continua :

— Bienvenue à vous, voyageurs étrangers. Je regrette, mais le monastère est fermé aux pèlerins par ordre du roi Genséric. Pouvons-nous faire quelque chose pour vous, messires chevaliers ?

Marjean bomba légèrement le torse de fierté, tandis que Galegantin, plus habitué à ce respect que reçoivent les chevaliers, répondit :

— Que la grâce de Dieu soit avec vous, mon frère. Nous venons escorter ce jeune érudit dans votre enceinte. Il est à la recherche d'un lieu insolite et désire s'entretenir avec les sages hommes de votre célèbre monastère.

Merlin leva le regard vers son grand ami qui lui fit un petit clin d'œil avant de redevenir sérieux devant le vieux moine.

— Dans ce cas, j'accepte de le recevoir, mais pour la journée seulement. Entrez donc, jeune homme.

Merlin se tourna vers Galegantin, qui comprit que son jeune ami allait entrer seul, sans que mots ne soient échangés. Le chevalier commanda alors au guerrier vandale :

— Conduis-nous à l'ombre quelque part, cette chaleur est vraiment insupportable !

Et il invita Marjean et Syphelle à l'accompagner. La femme jeta un petit sourire à Merlin et, après l'avoir salué, partit avec les chevaliers et le guerrier local. Le seigneur de Cerloise passa le portail de pierres et entra dans la cour du monastère. Le moine regarda le guerrier vandale, la femme et les chevaliers s'éloigner, puis retourna à ses corvées.

Merlin fut accueilli avec hospitalité, puis il fut présenté à un supérieur du monastère. Le jeune druide ne révéla pas son lien avec l'ordre du Sentier lumineux et présenta plutôt son penchant chrétien ; un gros risque toutefois dans un pays en proie à des persécutions religieuses contre les chrétiens romains. Il présenta poliment sa requête et on alla chercher un autre moine pour lui fournir les réponses qu'il cherchait. Merlin échangea avec les deux hommes pendant quelque temps sur des réflexions religieuses prudentes jusqu'à ce qu'il sente enfin qu'il pouvait poser sa question :

— Je suis à la recherche du puits de Pyros.

Le deuxième moine avoua ne pas pouvoir le renseigner sur ce lieu.

— J'ai entendu parler d'un homme qui pourra peut-être t'aider, toutefois. Il habite dans la cité de Volubilis, en Maurétanie Tingitane.

Merlin prit un moment pour réagir, de manière à ne pas révéler aux deux moines la profondeur de son intérêt dans cette recherche.

— Qui est cet homme, demanda-t-il enfin, et comment puis-je me rendre à Volubilis, je vous prie ?

De retour sur le navire, Merlin fut rejoint par Galegantin, Marjean et Syphelle, qui s'étaient enfin débarrassés de leur escorte vandale. La chaleur était de plus en plus difficile à supporter et les compagnons changèrent leur tenue pour enfiler des vêtements plus appropriés au climat torride de l'Afrique du Nord, qui, même en cette saison, était plus chaud que celui de l'été en Bretagne.

Merlin demanda à Bredon, qui parlait couramment latin, de retourner de nouveau dans la cité pour aller y récupérer des vivres afin de refaire leurs réserves. Il l'invita, cette fois, à amener leurs compagnons qui étaient restés à bord du navire lors de sa première sortie. Il se rendit ensuite auprès du capitaine Usem pour l'informer de l'endroit où il désirait maintenant se rendre :

— Le lieu que je recherche reste inconnu, mais un sage homme de Volubilis pourrait peut-être me renseigner. J'aimerais donc que tu nous mènes jusqu'à la cité de Tingis, au-delà des colonnes d'Hercule. Là, nous prendrons la route terrestre qui mène directement à Volubilis.

Le capitaine se tint le menton un long moment et annonça :

— Nous pourrons y être d'ici deux semaines ; avant, si les vents nous sont favorables.

— Oh, ils le seront, ajouta simplement Merlin.

Les hommes et leur compagne profitèrent d'encore deux jours et deux nuits à Hiponne. On s'assura que la femme guerrière n'était jamais laissée à elle-même, pour sa propre sécurité ou celle d'un infortuné qui aurait eu l'imprudence de jeter son dévolu sur l'amazone. Mais bientôt, le navire du capitaine Usem et de ses « chacals de mer » profita des marées favorables de la deuxième moitié de Lune pour quitter la baie d'Hiponne et prendre la direction du couchant vers la cité de Tingis. Merlin s'assura de l'aide du vent les jours d'accalmie, en accomplissant des manipulations élémentaires pour maintenir leur progression rapide par la mer. Le navire entra dans le port de Tingis durant la nuit et, au réveil de la troupe, une vieille connaissance se tenait sur le pont avec Usem. C'était le grand Mauritanien qui avait servi de second au capitaine durant leur première traversée à bord du même navire. Le grand homme sourit à Merlin et lui dit :

— Bonjour, Merlinus, seigneur de Cerloise. Mon ami le capitaine Usem m'a fait demander, ce matin. Il paraît que toi et tes compagnons désirez vous rendre à la cité de Volubilis ?

15

La grande cité de Tingis brillait sous le chaud soleil africain et les hommes furent émerveillés par toutes les splendeurs qui s'y trouvaient. La cité était colorée des nombreuses personnes d'origines différentes qui provenaient de tous les coins du monde connus et l'air portait l'odeur du sel et du poisson séché que l'on exportait d'ici vers tout l'Empire.

Merlin avait d'abord remercié le capitaine Usem pour le grand service qu'il venait de lui rendre. Il lui offrit de le compenser encore plus pour son aide, mais le capitaine marchand refusa :

— Nous ferons de bonnes affaires dans cette cité, jeune seigneur. J'étais d'abord perplexe sur le pourquoi de nos difficultés à quitter Hippone ; je comprends maintenant que Dieu nous y gardait pour que nous puissions vous y venir en aide.

— Je ne sais pas si Dieu est derrière tout ça, mais j'insiste, prenez quelques pièces pour vos efforts…

— Vous nous avez déjà largement dédommagés. Souhaitez-moi plutôt bonne fortune, et je sais que de vous ce souhait ira directement à l'Éternel, mon ami.

Ayant appris que les recommandations d'un homme juste étaient toujours reçues par Dieu, Merlin concéda donc :

— Alors, acceptez mes plus sincères remerciements, capitaine Usem. Je vous recommande, vous, votre navire et vos marins, à Dieu. Que votre équipage soit protégé de tout mal et que les vents vous poussent aux meilleurs ports. Nous nous reverrons peut-être un de ces jours.

— Je l'espère, jeune maître. Je l'espère…

Le reste de la troupe salua à son tour le capitaine et ses hommes. Puis le petit groupe suivit le grand Mauritanien à travers les rues de la cité portuaire, jusqu'au forum au cœur de la ville. Ensuite, leur guide les conduisit vers les hauteurs, jusqu'à une forteresse près de vastes jardins d'arbres merveilleux, où orangers, citronniers et d'autres arbres fruitiers tout aussi exotiques cohabitaient. Des gardes vinrent observer le groupe en approche, mais plutôt que les arrêter pour les questionner, ils se dépêchèrent à ouvrir le passage qui les menait vers un atrium doux et frais.

— Bienvenue, mes amis, déclara Azûlay, le grand Mauritanien. Bienvenue dans la maison de mon illustre père.

Les hommes furent conduits dans des quartiers réservés aux invités, et Merlin et les deux chevaliers furent installés dans une vaste et luxueuse chambre. On s'occupa de leurs montures, qui manquaient cruellement de soins appropriés après tant de jours dans le froid, et d'autres tout aussi éprouvants sur la mer. Enfin, on offrit des soins particuliers à la femme du groupe et une petite harde de jeunes demoiselles l'emporta en riant vers le gynécée, un lieu isolé réservé aux femmes.

Merlin découvrait l'hospitalité légendaire de ses hôtes africains. Tous les luxes de la vie romaine y étaient présents et s'avéraient encore plus somptueux que dans la villa de Marcus Pesco. Après tout, venait-il d'apprendre, le père d'Azûlay, Agizul Ier, était seigneur de toute la Maurétanie Tingitane, la partie nord-ouest de l'Afrique. Comme c'était souvent le cas chez les princes, le puissant seigneur ne résidait pas dans la cité à cette période de l'année, son frère Idus agissant comme gouverneur à sa place. Azûlay fit venir des couturiers pour que ses amis reçoivent des habits dignes de leur rang et mieux appropriés que ceux achetés à la hâte par Sybran et Bredon au marché d'Hippone. Syphelle réapparut le soir, au banquet, vêtue d'une belle robe exotique et coiffée élégamment. Pour la première fois devant le groupe, le petit garçon manqué apparut dans toute sa féminité, tout en gardant cependant le port rigide et puissant d'une amazone.

Azûlay dut informer Merlin, les deux chevaliers et Bredon que, après une inspection appropriée, il apparaissait que leurs montures avaient peine à s'acclimater à la température locale, et le Mauritanien leur offrit de solides destriers en remplacement pour un temps. Leurs chevaux resteraient sous ses bons soins à Tingis, jusqu'à leur retour de Volubilis. D'abord déçus, les cavaliers se rendirent à l'évidence quand ils constatèrent la fougue des montures locales par rapport à celle de leurs bêtes accablées et éprouvées, comme eux-mêmes, par l'écrasante chaleur.

Dans cette chaude contrée, il était coutume de voyager tôt le matin et plus tard dans la journée. Les voyageurs du désert allaient même jusqu'à se déplacer en pleine nuit, avec comme seuls repères l'astre Lune et les étoiles. Le grand Azûlay proposa donc à ses invités de partir deux jours plus tard, tôt le matin.

Au départ, les compagnons et leur guide mauritanien se rendirent à nouveau au forum de Tingis et, de là, ils prirent la direction du Cardo Maximus, le grand chemin orienté sur l'axe nord-sud, en direction du sud et de la route de Volubilis. Mais personne ne pouvait se douter que, alors qu'ils laissaient les murs protecteurs de la cité derrière eux et s'aventuraient sur le chemin qui menait à Volubilis, un petit groupe d'hommes les observait.

— Va dire aux autres de rester près, on part ce soir… fit l'un d'eux.

Un homme à ses côtés acquiesça et partit immédiatement. Ensuite, le premier retourna son regard vers un autre habillé en marchand itinérant :

— Toi et tes hommes, partez maintenant. On vous prendra pour des voyageurs ordinaires. On se rejoint plus loin sur le chemin.

Et il retourna à son observation de la troupe nordique. L'inquiétant personnage se demandait quelles richesses pouvaient bien cacher sur eux des hommes accoutrés de la sorte : «De l'or ou des pierreries sans nul doute, pensa-t-il, mais surtout un objet fabuleux! Après tout, le grand Shaïtan lui-même m'a révélé ce savoir…»

Merlin tourna le regard, sans savoir pourquoi, vers une tour isolée d'un bâtiment du faubourg, et un frisson le parcourut. Il ne pouvait pas en saisir le sens, mais cela ne présageait rien de bon; il se tenait sur ses gardes et restait à l'écoute de tout signe ou augure mauvais, depuis qu'il avait activé l'ouïg. Il savait maintenant que le seigneur Malteus était en mesure de savoir en tout temps quand le puissant objet magique était utilisé et fort probablement où il conduisait son porteur.

Le jeune druide se rassurait tout de même en se disant qu'il y avait fort à parier que le seigneur Noir ne pouvait pas agir dans ce monde du milieu, lui qui habitait le lointain monde des ombres.

Le chemin vers Volubilis était beau et en bon état, la longue voie romaine étant restée bien entretenue sous la tutelle des princes mauritaniens. Seul Galegantin grommelait sur la route, car ce dernier, avec sa lourde armure d'acier, était trop pesant pour sa monture mieux adaptée aux cavaliers légers qu'elle portait normalement sur son dos. Résultat, le chevalier devait souvent marcher à côté de la pauvre bête, tout en menant une autre monture qui transportait son équipement et ses lances.

La route était ponctuée de nombreuses étapes, ou gîtes de repos, et les hommes et la femme de la troupe y trouvaient nourriture et protection contre la chaleur du jour. Leur guide Azûlay se faisait un devoir de présenter Merlin et les deux chevaliers aux responsables en autorité à chacune des escales. Ainsi, les

Bretons pourraient effectuer le chemin de retour sans peine, puisque Azûlay ne prévoyait pas s'attarder à Volubilis. Malheureusement, le grand Mauritanien ne pouvait pas se soustraire à ses devoirs à Tingis bien longtemps.

Après quelque dix jours de déplacement tranquilles, les voyageurs nordiques s'habituant peu à peu au climat, la troupe arriva dans la jolie vallée qui abritait la cité de Volubilis et les milliers d'oliviers qui l'entouraient. Azûlay les conduisit dans un grand gîte de voyageurs et s'absenta pour gérer des affaires privées dans la cité. Il leur donna rendez-vous au matin et prit congé de ses amis bretons et de la Picte scandinave.

Tôt le lendemain, Merlin et les chevaliers partirent à la recherche du sage de la cité qui pourrait peut-être leur révéler l'endroit où se situait le puits de Pyros. Les autres eurent l'occasion de visiter la belle cité romaine aux rues parfumées des arômes d'olive, de citron et de jasmin. Ce congé leur permit d'acquérir des objets variés qu'ils entendaient ramener dans leur terre bretonne pour les partager avec leur famille.

Merlin trouva sans trop de difficultés la grande résidence où logeait le sage homme recherché. Il se présenta aux propriétaires en leur demandant le privilège de consulter le sage, dont ces derniers assuraient la sécurité et le confort. La visite des nobles Bretons et, qui plus est, dans le cas de Merlin, d'un noble citoyen romain, provoqua un bouleversement qui rappelait celui des grandes fêtes. Les voyageurs durent se plier à l'hospitalité de leurs hôtes et leur transmettre les nouvelles du monde et de leur exotique contrée, avant même de pouvoir parler avec le sage en résidence.

Enfin, Merlin eut l'occasion de le rencontrer pour lui poser sa question.

Le sage homme était vieux, du moins il le semblait aux jeunes Bretons, et il dissimulait en tout temps sa main gauche sous plusieurs plis de tissu de lin brut. Il écouta Merlin se présenter, ainsi que ses amis chevaliers, puis expliquer qu'il venait sous la recommandation d'un sage moine du monastère d'Hippone. L'homme sursauta quand le jeune Breton lui demanda ce qu'il pouvait lui révéler au sujet du puits de feu qu'il recherchait.

— Quoi ? Vous ne pouvez être sérieux !

Merlin fut pour le moins étonné par sa réaction :

— Oui, nous sommes très sérieux, reprit-il. Nous désirons nous rendre au puits de Pyros.

Le vieil homme tenta en vain de le dissuader, mais Merlin ne se laissa pas décourager. Il avoua enfin, après avoir insisté pour que le sage et lui soient laissés seuls, la véritable raison de son intérêt pour le lieu. Le jeune homme fit ensuite une petite démonstration discrète de sa maîtrise des éléments, en particulier le feu, en lui révélant tout de son appartenance à la communauté des druides.

Le sage consentit finalement à lui révéler le secret qu'il gardait depuis longtemps. Il lui expliqua ce qu'il savait sur le puits de feu et sur sa propre tragédie, tout en lui dévoilant pourquoi il cachait sa main sous d'épaisses couches de lin, allant même jusqu'à la lui montrer. En apercevant la main noire et difforme du vieil homme, Merlin la vit se mettre à grésiller et, devant ses yeux, s'enflammer comme une torche : un étrange phénomène qui résultait d'un accident au puits de Pyros.

Merlin et ses hommes prirent congé de leurs hôtes, tard dans l'après-midi, en les assurant qu'ils seraient de retour dans peu de temps, dès qu'ils auraient trouvé un guide pour les emmener dans la lointaine région où se trouvait le fameux puits de feu. Le jeune druide regagna le gîte où l'attendaient ses compagnons et où il devait rencontrer son ami Azûlay. Il voulait en profiter pour lui demander son aide, afin d'engager les services d'un homme sûr, en vue d'un voyage vers son but. Bien qu'il attendît jusqu'à la tombée du jour, Azûlay ne vint pas, malgré ce qui avait été convenu. Merlin entreprit donc lui-même de s'informer à savoir qui serait apte à l'aider dans ses recherches, mais dut se résigner rapidement, car aucun candidat sérieux ne semblait pouvoir le conduire avec certitude dans la mystérieuse région qu'il recherchait et que le sage appelait « la vallée de verre ».

Le lendemain, Merlin commença à s'inquiéter du sort de son ami Azûlay. Non seulement il ne s'était pas présenté à leur rendez-vous de la veille, mais le Mauritanien n'avait toujours pas donné signe de vie. Il alla voir le propriétaire du gîte pour lui demander s'il savait où son grand ami s'était rendu le jour précédent.

— Il est allé voir le gouverneur de la cité, son frère.

Merlin remercia l'homme et décida de se rendre lui-même avec ses chevaliers chez ce gouverneur. Aussitôt qu'il eût annoncé ses intentions à ses deux compagnons, le trio partit pour le palais d'État, au cœur de la cité. Les trois voyageurs n'eurent aucun problème à y être reçus par le gouverneur lui-même :

— Bonjour, nobles voyageurs. On m'a fait part de votre présence. Que puis-je pour vous en ce beau jour ?

— Bonjour, gouverneur. Merci de nous recevoir ainsi. Nous sommes ici pour voir si votre frère Azûlay est toujours avec vous. Nous avions rendez-vous avec lui hier après-midi, mais il ne s'est pas présenté...

La nouvelle sembla le surprendre :

— Que dites-vous ? Azûlay est ici même, à Volubilis ?

En guise de réponse, Merlin raconta comment sa troupe et lui avaient voyagé à partir de Tingis durant les derniers jours et qu'après les avoir installés dans un gîte de la cité, Azûlay les avait quittés pour se rendre auprès du gouverneur de Volubilis. Mais, selon toute apparence, son frère cadet n'était au courant de rien. Quelque chose était certainement arrivé au grand Mauritanien.

16

Merlin proposa immédiatement son aide et celle des guerriers qui l'accompagnaient au gouverneur de Volubilis pour l'aider à découvrir ce qui était arrivé à Azûlay, mais, à sa grande surprise, l'offre fut refusée :

— Vous êtes bien aimable, jeune voyageur. Cependant, mes Maures sont bien capables de faire enquête par eux-mêmes. D'ailleurs, puisque vous êtes les derniers à avoir vu mon frère, vous portez une partie de la responsabilité de son sort.

Galegantin commença à serrer les poings et Marjean, étrangement calme, se leva et dit :

— Merlinus Ambrosium n'est pas un vulgaire citoyen, votre honneur. Vous, un gouverneur du peuple fédéré des Maures, devez en mesurer toute la particularité.

Le gouverneur s'absorba dans ses pensées et regarda de nouveau le jeune homme et les deux chevaliers devant lui. Galegantin se leva lentement, comme pour donner au gouverneur et aux hommes de sa garde l'occasion de mesurer sa formidable constitution, et ajouta simplement, sur un ton calme mais glacial :

— Tout à fait.

Le gouverneur hocha la tête et rassura les trois hommes :

— Comprenez-moi, mes amis, je ne dis pas que vous en portez entièrement le blâme, mais plusieurs points me paraissent nébuleux. Je vous demande de rester à la disposition de mes soldats, nous aurons peut-être des questions pour vous.

Il les somma ensuite de demeurer à Volubilis et d'attendre de plus amples instructions. Sur la route du retour, Galegantin demanda :

— Alors, Merlin, que comptes-tu faire ?

— Rien, pour l'instant. Nous devons encore trouver un guide pour nous conduire à la vallée de verre.

Les trois Bretons se rendirent directement au gîte où étaient installés leurs autres compagnons. À leur arrivée, ils remarquèrent tout de suite Sybran qui faisait les cent pas devant l'entrée.

— Cela n'augure rien de bon, commenta Galegantin.

— Merlin, messires chevaliers, vous voilà enfin ! J'ai une triste nouvelle à vous annoncer. Le sage que vous avez rencontré hier s'est fait poignarder ce matin.

— Quoi ? Vite, il faut se rendre auprès de lui immédiatement !

Merlin et les chevaliers, cette fois accompagnés de Sybran, partirent donc sur-le-champ en direction de la villa qui abritait le vieux sage. Une fois sur place, le propriétaire Aelius de Volubilis les reçut aussitôt :

— Seigneur Ambrosium, je vois que vous avez reçu mon message.

Merlin remercia l'homme pour son attention à son endroit et demanda plus de détails sur l'affaire.

— Mes serviteurs l'ont trouvé mort juste après la mi-journée, gisant dans son sang, un couteau dans le dos.

— Pouvons-nous le voir ?

— Je... je ne sais pas...

— Nous sommes au courant, insista Merlin, en levant sa main gauche devant lui et la couvrant de l'autre.

L'homme comprit le geste de Merlin :

— Je vois... Alors, venez donc.

Il conduisit les visiteurs dans une pièce fermée de sa villa, où deux de ses hommes de confiance restaient près du corps à titre de vigiles. L'homme gisait inerte, sa main gauche dans un seau d'eau :

— Laissez-nous, ordonna Aelius à ses hommes.

— Serait-ce possible d'être seul avec lui ? lui demanda encore Merlin.

— Non, mon ami. J'avais pris sur moi sa sécurité. Je veux tout savoir de ce que vous allez entreprendre.

Merlin leva un sourcil, intrigué.

— Agnarr m'a confié que vous étiez un puissant magicien, jeune seigneur, et aussi que je pouvais vous faire confiance. Sachez que vous pouvez aussi croire en moi.

Merlin pesa ses mots et approuva d'un signe de tête.

— Sybran, surveille la porte, je t'en prie, demanda-t-il à son capitaine.

Le lancier s'approcha de la porte et, après inspection, se tourna vers Merlin pour lui indiquer que tout était en ordre, sans pourtant dire un mot. Le jeune druide sortit son sac fée des plis de ses vêtements et y attrapa sa trousse d'ovate, celle qui contenait tout le nécessaire au mélange de potions, sous l'œil émerveillé d'Aelius. Il récupéra une dose d'herbes médicinales, qu'il avait pris soin d'apporter, et les mélangea dans un petit bol avec de l'eau lustrale tirée de l'amphore elfe, elle aussi dans le sac. Merlin goûta la mixture, afin de s'assurer que le mélange livre les effets voulus, puis formula l'incantation nécessaire, ce qui fit briller la préparation un moment avant de libérer une petite volute de fumée. Il plaça alors une main sur le visage du mort et lui ouvrit la bouche d'un doigt pour lui administrer le contenu du petit bol. Satisfait de son travail, il rangea son matériel dans son sac.

— Ce que vous allez voir ne durera guère longtemps, mais cela nous apprendra peut-être quelque chose…

Son hôte fit signe qu'il comprenait et attendit, un peu craintif, ce qui allait suivre. Alors que tous les cinq patientaient, le cadavre du défunt commença à prendre de la couleur et sa respiration reprit soudainement le rythme des vivants. Aelius, surpris, recula d'un pas. Marjean le saisit fortement au poignet et lui murmura :

— Ne craignez rien. Le seigneur Ambrosium sait ce qu'il fait.

L'homme acquiesça nerveusement puis esquissa un sourire peu convaincu à Merlin.

— Où… où sommes-nous ? murmura le sage qui gisait mort un moment plus tôt.

— Vous êtes dans la villa d'Aelius.

— Que s'est-il passé, suis-je mort ?

— As-tu souvenir de ce qui est arrivé, Agnarr ? demanda l'hôte en s'avançant, fasciné.

— Aelius, mon cher ami. Un… un homme a surgi de nulle part et m'a frappé au bas du dos.

Le revenant grimaça en évoquant le souvenir, puis continua :

— J'ai ensuite sombré dans l'inconscience et je me suis retrouvé devant une belle dame vêtue de blanc. Elle m'a dit d'attendre… que seigneur Merlinus allait venir me poser des questions. Puis je me suis réveillé.

L'homme commençait déjà à faiblir ; la vie le quittait de nouveau. Merlin se dépêcha et récupéra rapidement la perle de communication que lui avait confiée Azurale, l'ondine du Lac.

— Nous allons faire la lumière sur ce qui vous est arrivé, affirma Merlin.

Il déposa la perle de communication sur l'homme agonisant et ajouta :

— Ne dites rien. Pensez à celui qui vous a frappé mortellement, cette perle en capturera l'image.

L'homme ferma les yeux et sembla se concentrer. Quand il les ouvrit de nouveau, Merlin lui assura :

— Je le retrouverai et vous vengerai.

— Vous me le jurez ?

— Je promets de faire tout ce qui m'est possible.

Le mourant tâta l'air de sa main droite, cherchant celles du maître des lieux.

— Aelius, mon ami… sache que je reste éternellement reconnaissant pour tes générosités. J'ai confiance que nous nous reverrons dans l'autre monde.

Le propriétaire des lieux lui saisit sa bonne main et la serra contre lui.

— Ne parle plus, Agnarr… Repose-toi.

Aelius semblait porter une amitié profonde à son ami mourant. Le sage, lui, avait encore un message à livrer :

— Seigneur Merlinus… le chemin… à suivre…

L'homme s'essouffla toutefois et sombra inexorablement dans le repos éternel. Merlin retira doucement la perle de sur son front et s'écarta pour laisser Aelius pleurer, pour la seconde fois aujourd'hui, sur le corps inanimé de son vieil ami. Une fois certain du trépas de l'homme, Merlin demanda à son hôte ce qu'il entendait faire du corps et comment il allait cacher l'étrange main surnaturelle.

— Je ne sais pas. Il faudrait peut-être la couper et l'enterrer loin des yeux de quiconque. S'il est découvert comme ça, les prêtres refuseront qu'il soit enterré en terre consacrée.

— C'est vrai, Merlinus, confirma Galegantin.

— Alors, nous nous en chargerons, proposa Merlin.

Il attendit la confirmation d'Aelius, puis, saisissant le bras gauche du défunt, il sortit la main de l'eau. Merlin tourna ensuite le regard vers Galegantin, déjà sur le coup, et dont la lame émit un petit tintement métallique alors qu'elle glissait hors de son fourreau. Le chevalier fit tomber Durfer d'un geste précis, tranchant net la main du vieux sage, juste au-dessous du poignet.

— Nous te demandons pardon, Agnarr, murmura Merlin d'une voix triste.

Il enveloppa des linges de lin autour de la main et déposa le tout dans le seau d'eau. Merlin banda ensuite l'avant-bras sectionné de l'homme.

— Nous reviendrons quand nous en saurons plus, maître Aelius, affirma Merlin en se tournant vers son hôte. Mais maintenant, nous devons partir.

Ses amis et lui quittèrent la belle villa sans trop attirer d'attention, le fidèle Sybran quelques dizaines de pas derrière, portant le seau fermé d'un couvercle de bois et son étrange contenu.

De retour au gîte, seul avec ses compagnons, Merlin leur raconta tout ce qui s'était passé à la villa d'Aelius. Il était manifestement affligé et intrigué par la disparition de leur ami Azûlay et de l'étrange coïncidence du meurtre du sage Agnarr.

— Que devons-nous faire, maintenant? questionna Bredon.

— Agnarr est mort et avec lui le secret du chemin vers la vallée de verre. Pour le moment, je vais consulter la perle de communication et espérer qu'elle contient l'image de son meurtrier : j'ai promis de tout faire pour trouver son assaillant.

Les hommes laissèrent Merlin s'isoler dans ses méditations druidiques. Syphelle, peu habituée aux rituels du jeune homme, s'approcha de lui et demanda :

— Seigneur Merlin, puis-je faire quelque chose?

— Tu peux t'assurer que rien ne me dérange durant mes méditations.

Heureuse d'être utile, elle se posta non loin de lui et se plaça en position de garde. Sybran fit un petit clin d'œil à Merlin qui esquissa un sourire complice, et l'homme de confiance sortit avec quelques autres pour profiter des heures paresseuses de la journée.

Merlin récupéra la perle de communication de son sac fée et la porta à son front. Il se concentra dans l'espoir d'y capter une image emmagasinée… Il ne pouvait être sûr cependant que la perle, qui transmettait habituellement des pensées, puisse permettre le partage des souvenirs visuels, ou encore des émotions. Après tout, cet objet fée était peut-être conçu pour la transmission de ce qui, précisément, comptait plus pour le peuple fée. Une image floue prit lentement forme dans son esprit et Merlin put constater qu'il avait eu bien raison de tenter le coup. Il eut une vision de plus en plus claire du souvenir du défunt et, finalement, il put recevoir une image distincte du visage et de la physionomie de celui qui avait terrassé le sage homme.

Mais alors qu'il allait déposer la perle, satisfait de pouvoir au moins poursuivre la piste du meurtrier, Merlin perçut un autre souvenir qui reposait dans la perle. Le vieil Agnarr, sage et intelligent comme il l'avait été, avait laissé un cadeau au cœur de la perle pour le jeune druide : le souvenir de l'itinéraire à suivre pour retrouver la vallée de verre...

Merlin interrompit sa concentration et laissa retomber sa main tenant la perle jusqu'à sa cuisse. Il s'émerveilla du revirement avantageux que venait de prendre sa quête. Alors qu'il croyait que le savoir de l'emplacement du puits de Pyros était disparu avec le sage homme, l'objet même qui allait lui permettre de venger sa mort venait maintenant lui livrer d'outre-tombe le secret du chemin de la vallée de verre. Il existait bien des puissances qui l'aidaient, lui et ses compagnons, à accomplir sa mission, pensa-t-il.

Merlin se leva pour demander à Syphelle d'aller chercher les autres. Quand les compagnons furent de nouveau réunis en conseil, le seigneur de Cerloise partagea le fruit de ses dernières découvertes avec eux. Bredon ajouta de nouvelles informations et lui révéla que Sybran et lui avaient remarqué un personnage louche qui rôdait dans le coin. Lorsqu'il eût décrit l'individu, Merlin demanda :

— Est-il toujours à l'extérieur ?

— Il l'était encore quand tu nous as fait appeler, compléta Sybran.

— Allons voir.

Les hommes se levèrent et suivirent leur chef et ses deux vigiles dans la cour intérieure du gîte.

— C'est celui-là, indiqua Sybran en désignant le suspect d'un geste discret.

Merlin reconnut immédiatement le personnage de la dernière observation du vieux sage.

— C'est lui, confirma-t-il. L'homme qui a tué Agnarr.

17

La troupe se rassembla autour de Merlin.

— Il ne faut pas le laisser filer, affirma le jeune chef.

— Je ne crois pas qu'il cherche à se sauver, dit Sybran, méfiant. On dirait plutôt qu'il nous attend.

Merlin avait aussi cette impression.

— Sybran, reste ici avec Syphelle.

Il regrettait de devoir laisser son plus fidèle guerrier derrière, mais il fallait absolument que quelqu'un surveille les bagages du groupe, ainsi que la femme qui les accompagnait.

— Non, je veux venir avec vous, s'imposa l'amazone en s'avançant d'un pas, une main sur la garde de sa longue épée scandinave.

Merlin et les deux chevaliers échangèrent des regards et il fut convenu sans un seul mot que Marjean resterait près d'elle.

— Bredon, fais avancer les hommes.

Bredon signala à Cormiac et à Donaguy d'aller d'un côté et à Jeanbeau et Tano d'aller de l'autre. Il prit ensuite position lui-même près de Merlin. Ce dernier tourna son regard vers Sybran qui restait derrière et lut dans ses yeux que, fort de son expérience, il comprenait toute l'importance de ce que demandait Merlin de lui. Il portait sur lui seul la charge d'assurer la protection de tous les effets de ses compagnons : un rôle essentiel si la troupe allait continuer sans embûches sa route vers la vallée de verre. Le jeune seigneur s'avança lentement en direction de l'homme qui le défiait du regard et déclara :

— Allons-y !

Aussitôt, l'homme partit à la hâte dans une direction qui menait vers les limites de la petite cité de Volubilis. La troupe de Merlin resta sur les talons de l'homme et le poursuivit en se frayant un chemin dans la foule nombreuse de l'allée des gîtes, à l'heure où se préparaient les équipes qui partaient pour les transits de nuit.

Le grand chevalier à l'armure étincelante qui circulait devant les autres ne passa pas inaperçu. Des gardes de la cité en patrouille remarquèrent que quelque chose se préparait entre la troupe d'étrangers et un autre groupe, dont seulement un membre pouvait être identifié pour le moment. Deux gardes poussèrent l'audace jusqu'à suivre les Bretons et la Picte dans leur poursuite du mystérieux inconnu. Mais leur avance fut stoppée quand les deux hommes furent subitement terrassés ; un petit groupe avait surgi de nulle part et s'était jeté sur les patrouilleurs avant qu'ils ne puissent réagir : un fut étranglé par derrière, tandis que l'autre fut poignardé aux reins et laissé pour mort. Mais la troupe de voyageurs nordiques n'eut pas vent de cela, suivant toujours la trace du premier homme et gardant les yeux rivés sur lui. Galegantin perdit patience et haussa le pas. Cormiac accéléra lui aussi, obligeant les autres à aller plus vite pour suivre l'avance des deux premiers. L'homme qui fuyait avec grande habileté avait une bonne connaissance du terrain et Merlin se maudissait de n'avoir pas pris le temps de découvrir les environs, ou encore d'envoyer des hommes en reconnaissance avant la poursuite.

— Pas trop vite, mes amis, lança Merlin. Cette traque ressemble de plus en plus à un piège!

Mais ses compagnons n'écoutaient pas.

— Vite, il prend le chemin des palmeraies qui sépare la cité des grands jardins d'oliviers, annonça Bredon.

Merlin leva les sourcils et le questionna du regard.

— Sybran nous a fait patrouiller les alentours durant votre visite à la villa d'Aelius, précisa Bredon. Il craignait justement une telle circonstance.

«Brave Sybran», pensa Merlin. On ne pouvait rien substituer à la vaste expérience du valeureux soldat.

— Dans ce cas, ouvre le chemin!

Bredon s'avança fièrement et prit place devant les autres, sauf Galegantin qu'Uther Pendragon lui-même n'aurait pu retenir, une fois en chasse. Soudain, Merlin perçut une étrange et familière impression et s'arrêta un moment de marcher.

— Qu'y a-t-il? s'informa Marjean, encore près de lui.

— Rien, chevalier… Juste une impression.

Il se ressaisit et continua la poursuite. La troupe avança ainsi pendant plusieurs minutes, traversant toute la longue et luxuriante palmeraie, jusqu'à ce que le terrain commence à s'élever doucement en pente vers une petite colline et quelques bâtiments. Merlin avait de plus en plus la franche impression que quelque chose de mauvais se préparait.

Aderfi, le chef des brigands qui avaient suivi les voyageurs jusqu'à Volubilis, entra dans la principale construction en pierre qui s'élevait au bout de la grande palmeraie. Le bâtiment servait d'entrepôt durant la belle saison et abritait un grand pressoir et des chambres pour les travailleurs et les esclaves qui y étaient assignés durant la haute saison ; au-delà de la palmeraie commençaient les premiers vergers d'oliviers. L'endroit était devenu le quartier général d'Aderfi et sa bande durant leur séjour, et le brigand y avait méticuleusement préparé l'accueil des voyageurs du nord.

— Ton plan va échouer, cracha le Mauritanien attaché au pied d'une grosse poutre de bois. Le jeune maître ne tombera pas si facilement dans ton piège.

— C'est pourquoi je te garde vivant, noble Azûlay.

Le grand Mauritanien n'avait pas été capturé facilement. Il avait brisé les reins d'un homme et fracassé le crâne d'un autre dans la bataille qui avait précédé son enlèvement. Aderfi le regardait avec dédain en évoquant le souvenir de ses deux fidèles amis perdus dans le combat, mais le prix à payer, si cher fut-il, devait certainement en valoir la peine : le grand Shaïtan l'avait assuré.

Azûlay l'avertit :

— Tu vas regretter l'affront que tu m'as fait. Si je ne te tue pas moi-même, les miens s'en chargeront.

— Il n'y a rien que tu puisses me faire qui m'effraye, rétorqua Aderfi. Leur pouvoir est ridicule en comparaison de celui de mon allié.

Cette révélation troublante perturba le grand Mauritanien. Ayant observé les rites étranges que pratiquait la mystérieuse bande armée, il frissonna malgré lui.

— Bientôt, mes hommes et leurs frondes auront raison des compagnons de ton ami, ensuite lui et la femme seront conduits devant nous.

Azûlay se remémora ce qu'il avait vu ses ravisseurs faire à une bête la nuit précédente. Il grimaça à l'idée de ce qui allait ensuite leur arriver.

Merlin s'arrêta de nouveau. La forte impression qu'il avait eue un peu plus tôt venait de refaire surface. Marjean siffla bruyamment pour attirer l'attention des autres et la troupe cessa son avance un moment. Le chevalier à pied se tourna vers son ami qui semblait bercé par une transe et lui demanda :

— Que se passe-t-il, Merlin ?

Le jeune druide esquissa un étrange sourire et leva lentement les yeux au ciel. Les autres imitèrent son geste et cherchèrent ce qui pouvait bien attirer l'attention de leur chef. Soudain, la réclame bien familière d'un autre membre du groupe se fit entendre. Faucon arriva au-dessus de la troupe en plongeant à quelques reprises au milieu des hommes, avant de remonter haut dans le ciel.

— Joins-toi aux efforts de notre troupe et prête-moi tes yeux, mon ami…

Merlin profita de la vue aérienne de la scène par les yeux de Faucon et aperçut immédiatement les hommes disposés en embuscade autour d'eux. Il pouvait voir, grâce à l'extraordinaire précision du regard de l'oiseau, les visages perplexes des brigands qui observaient eux aussi le rapace.

— Ils sont tout autour de nous ; là, et là… cria Merlin en breton, désignant par des gestes la disposition générale des hommes qui leur tendaient un guet-apens.

— Courrez ! Leurs frondes seront inutiles.

Les hommes s'élancèrent aussitôt dans une course rapide et irrégulière vers leurs ennemis invisibles, le chevalier Galegantin en avant de tous. Les brigands surpris tentèrent de frapper les Bretons de leurs projectiles mortels, mais en vain ; la course rapide en zigzag des hommes prévenait une frappe facile. Le bruit des armes en corps à corps s'éleva de tout autour pendant que Merlin continuait d'observer la scène par les sens de Faucon. Il vit Galegantin fendre en deux le crâne du premier homme qu'il rencontra d'un coup descendant de Durfer. Il vit ensuite Cormiac lancer sa lourde hache en courant vers celui qui cherchait à le frapper d'un jet de fronde, la puissante arme faisant tomber à la renverse le brigand avant qu'il ne décroche son tir. Il vit aussi Syphelle exécuter une habile esquive et trancher le mollet de son premier agresseur, qui s'écroula rapidement. Elle l'acheva ensuite de deux estocades éclair au niveau du torse. Seul Tano avait été atteint par un plomb de fronde et, par bonheur, son casque l'avait protégé d'une frappe mortelle. Le jeune lancier avait ensuite évité de justesse la blessure d'une attaque vicieuse à la dague, alors qu'il gisait au sol le temps de reprendre ses esprits. Jeanbeau, qui se trouvait près de lui, avait tué l'homme de son glaive, après l'avoir frappé « à la manière de Galegantin », c'est-à-dire d'un solide coup de bouclier. Marjean restait près de Syphelle et avait pour sa part terrassé avec beaucoup d'habileté le grand homme qui gardait l'entrée du bâtiment. La troupe se rassembla autour du nouveau chevalier tandis que Merlin et Bredon arrivaient d'un pas lent.

— Oh, oh ! laissa cruellement échapper Marjean. Merlin est en transe de combat. Il prépare un sortilège !

Les Bretons savaient tous que les conséquences pourraient être terribles pour les ennemis qui restaient.

— Impossible ! cria Aderfi en constatant la défaite de ses hommes.

Il se retourna nerveusement vers les trois acolytes qui attendaient ses ordres.

— Préparez-vous ! leur commanda-t-il.

Le chef des brigands avait imaginé les choses bien autrement ; sa bande aurait dû être en train d'emmener le jeune chef breton et la guerrière picte devant lui en ce moment. Au lieu de cela, presque tous ses hommes gisaient morts, ou sérieusement blessés, dans leur propre mare de sang. Il n'avait pu prévoir ce revirement et réalisait maintenant qu'il n'y avait qu'une seule issue à tout le bâtiment où il s'était réfugié avec les siens.

— Ha ! ha ! ha ! rit bruyamment Azûlay devant la panique de ses ravisseurs.

Aderfi s'approcha de lui et lui assena un brutal coup de bâton au visage. Le grand Mauritanien se ressaisit lentement du coup lâche et répéta sur un ton de défiance les paroles qu'il avait entendues d'Aderfi un moment plus tôt :

— Il n'y a rien que tu puisses me faire qui m'effraye... Ton pouvoir est ridicule en comparaison de celui de mon allié. Ha ! ha ! ha !

Et il continua à se moquer de ses agresseurs.

Merlin arriva enfin aux côtés ses hommes et reconnut tout de suite le rire de son ami Azûlay. Il leva les yeux vers Faucon pour le remercier de son aide, puis il pointa du menton la solide porte devant lui. Cormiac s'avança immédiatement pour la faire voler en éclats en quelques coups de sa hache qu'il avait récupérée aussitôt après l'avoir lancée. Galegantin et Marjean entrèrent dans le bâtiment avec force, leur épée à la main et leur massif bouclier de métal devant eux.

Merlin entra à son tour avec Cormiac. Bredon bloqua ensuite le passage en faisant attendre les autres.

Le jeune druide s'avança devant l'homme qu'il reconnaissait de la vision qu'il avait eue grâce aux mémoires du vieux sage. Il vit son ami Azûlay, au pied de la grosse poutre, et leva une main dans sa direction. Une petite concentration lui permit de manipuler la matière des fibres qui le liaient et les cordes s'effritèrent, libérant du coup le captif. Un des hommes de main d'Aderfi se précipita aussitôt pour maîtriser de nouveau le grand Mauritanien, toujours au sol. Marjean s'avança et, levant sa lame basse dans un coup foudroyant, sectionna net l'avant-bras et le côté de la gorge du brigand avant qu'il n'atteigne Azûlay. Galegantin ordonna aussitôt aux autres de déposer leurs armes, d'un geste menaçant de sa longue épée mortifère. Les deux gardes du corps obtempérèrent avant même d'y avoir réfléchi. Merlin s'adressa alors à leur chef :

— Tu es celui qui a tué le sage Agnarr. Pourquoi ce geste inutile ?

Aderfi hésita un moment, puis se résigna à répondre :

— Je voulais mettre fin à tes projets de voyage, jeune homme. J'ai appris d'Azûlay que tu désirais rencontrer ce vieil homme et je savais que sa perte te forcerait à venir à moi.

— Et que voulais-tu de lui ? demanda Merlin en parlant de son ami Azûlay qu'il désignait d'un geste.

— Je l'ai fait capturer pour que tu viennes à sa recherche.

— Mais enfin, que veux-tu de moi ? Est-ce que nous nous connaissons ?

— Non, jeune voyageur. Mais je tiens à un trésor que tu possèdes et que mon maître m'a promis.

— Ton maître ? Qui est donc ton maître ?

— Un être immensément puissant que ta ridicule intelligence ne peut même pas imaginer.

Galegantin agrippa violemment le chef de la bande et le jeta sur ses genoux.

— Tu t'adresses au seigneur de Cerloise ! Change de ton avant que je ne coupe ta langue.

Pendant cela, Bredon traduisait pour le bénéfice des autres chacune des paroles échangées en latin par les hommes. Merlin poursuivit :

— Un trésor, alors. Mais de quel trésor est-il question ?

— Un objet rond qui brille d'une étrange lumière bleue. Un objet fabuleux !

Merlin, interdit, échangea un regard avec ses compagnons et récupéra l'ouïg de son sac fée. Il se retourna à nouveau vers le chef des brigands et le lui présenta dans sa main gantée :

— Ceci ? Que veux-tu bien en faire ?

L'homme ne l'écoutait plus, il était transporté par la vision de l'objet de toutes ses convoitises. Dix-huit années au service de son maître et enfin il apercevait le prix fabuleux de son asservissement entre les mains de cet insignifiant seigneur venu du nord.

— C'est à moi! cria-t-il en s'élançant pour saisir l'objet que le jeune homme tenait devant lui.

Galegantin allait l'en empêcher, mais Merlin lui fit signe de le laisser faire :

— Il suffisait de le demander... dit-il à l'homme qui arracha l'ouïg de ses mains. Je te l'aurais montré.

Aderfi le tourna longtemps entre ses doigts en évoquant toutes sortes de formules étranges, mais rien ne se produisait.

— Laisse-moi faire, proposa alors Merlin.

Il retira son gant, pour ensuite toucher le sommet de l'ouïg d'un seul de ses doigts alors que le chef des brigands le dévisageait, perplexe. Aussitôt, la pièce fut envahie par une lumière éclatante qui émanait de la sphère enchantée, une lumière si forte que tous ceux qui la voyaient en furent temporairement aveuglés. L'éblouissement ne dura qu'un moment, toutefois, et aussi rapidement qu'elle avait monté en intensité, la luminosité dans la pièce retourna à la normale. L'ouïg tomba lourdement au sol, rayonnant toujours de sa belle lumière bleutée. Mais Aderfi n'était plus là ; il s'était complètement volatilisé. Ses deux acolytes toujours dans la pièce cédèrent à la panique, tandis que Galegantin saisissait l'air dans l'espace que l'homme avait occupé un moment plus tôt. Merlin, dans une étonnante et totale absence d'émotion, se pencha pour récupérer l'ouïg au sol. Il le rangea aussitôt dans son coffret, qu'il tenait sous son bras, puis le tout dans son sac fée.

— Où est-il parti, Merlin? s'enquit Galegantin. L'as-tu envoyé quelque part?

— Dans le monde des ombres… répondit laconiquement son jeune ami.

Tano, qui se tenait à côté de Bredon, laissa échapper un long sifflement qui en disait beaucoup sur le redoutable endroit qu'il avait déjà visité l'été précédent.

18

Un détachement de soldats de la garnison de Volubilis arriva peu après la défaite des brigands aux mains du groupe de Bretons et de leur compagne picte. L'autre petite troupe de bandits, qui avait tué les gardes de la ville, s'était effacée dans la foule de la fin d'après-midi. À l'arrivée des soldats, la troupe nordique rassemblait les cadavres et les blessés, auxquels Merlin administrait déjà des soins guérisseurs. Galegantin ne pouvait dire si c'était par charité chrétienne que Merlin agissait ainsi ou selon un ancien précepte des druides qui exigeait qu'un guérisseur aide quiconque en a besoin, mais il approuvait.

— Ils seront frais pour subir le jugement qu'ils méritent, railla le grand chevalier à l'attention de Marjean et du chef des soldats.

Les hommes de la garnison avaient vite compris que les Bretons étaient des alliés. Ils étaient à la recherche du frère du gouverneur et reconnurent tout de suite Azûlay, le grand Mauritanien, que la troupe venait de libérer.

Marjean remarqua à ce moment l'attitude étrange de Syphelle, un peu plus loin. Il s'excusa auprès

Galegantin et du chef des gardes pour se rendre auprès d'elle.

— Tout va bien, mon amie ?

La femme contrôla ses lamentations discrètes et répondit sans conviction :

— Bien sûr, chevalier.

Marjean comprit tout de suite ce qui n'allait pas.

— C'était la première fois que tu tuais un homme, n'est-ce pas ?

La femme le regarda dans les yeux et fit discrètement signe que «oui».

— Ça va aller, Syphelle. Tuer est toujours ainsi, sauf pour les monstres et les démons.

— S'habitue-t-on un jour ?

— Pas vraiment. Mais il demeure nécessaire de s'opposer au mal que veulent nous faire les autres. Réconforte-toi à l'idée que tu n'es pas l'agresseur, mais bien celle qui se défendait contre le tort que nous voulaient ces hommes.

Elle approuva de la tête et offrit un timide sourire au chevalier. Il lui retourna un regard sympathisant et s'éloigna pour ne pas trop attirer l'attention des autres sur ce moment d'humanité qui pourrait être perçu comme un instant de faiblesse. Marjean alla ensuite trouver Merlin pour savoir s'il pouvait lui être utile. Son jeune chef se tourna vers lui et lui sourit. Il regarda ensuite en direction de Syphelle et affirma :

— C'est bien, ce que tu as fait là.

Marjean rougit et fit mine de ne pas comprendre. Merlin approuva d'un signe de tête et se leva pour aller laver le sang de ses mains.

Durant le chemin de retour, Faucon descendit sur la troupe, mais plutôt que d'aller vers Merlin il alla se poser sur le bras de Marjean qui se tenait près de son jeune ami. C'était la première fois que l'oiseau porte-bonheur agissait ainsi envers un autre homme de la troupe et Merlin y vit un symbole important. Marjean ne savait pas trop quoi en penser mais il se réjouissait de cette étrange affection. Le chevalier se contenta de commenter :

— Ton petit oiseau a une formidable poigne, Merlin !

Le jeune druide souriait, car peu de gens pouvaient imaginer la force réelle des petites serres d'un oiseau de proie. À l'entrée de la cité, Faucon reprit le ciel.

— C'est incroyable que ton oiseau ait voyagé jusqu'ici pour te rejoindre. Comment crois-tu qu'il l'a fait ?

— Je ne sais pas, Marjean. J'en suis tout aussi étonné. Mais comme vous tous, je m'en réjouis.

En effet, tous les compagnons levèrent la main en l'air pour saluer leur mascotte qui grimpait dans le ciel.

La troupe se rendit auprès du gouverneur, qui l'exonéra de tout blâme. Elle avait agi correctement et avait secouru le brave Azûlay. Ce dernier raconta à son frère comment il avait voyagé avec ses amis jusqu'à Volubilis et comment les brigands l'avaient capturé, puis torturé pour qu'il leur révèle les intentions des Bretons. Le grand Mauritanien avait livré le minimum, de manière à mettre fin aux supplices, mais regrettait que ces informations aient conduit à la mort du sage Agnarr de Volubilis. Le gouverneur fit juger les brigands sur-le-champ, mais Merlin insista pour que la peine de mort qu'on réclamait soit commuée en esclavage. Il conseilla par ailleurs Azûlay de garder ces hommes près de lui ; il aurait peut-être à en apprendre plus sur eux et leur chef, un jour.

Les Bretons et la femme Picte furent élus « amis de la Cité » et on leur offrit un logis d'honneur et un banquet. Sybran retrouva sa troupe, avec laquelle il profita d'une nuit de joie dans la cité des oliviers.

Le lendemain, Merlin annonça au gouverneur qu'il partait avec sa compagnie vers le sud. Il salua Azûlay et promit de revenir rapidement à Tingis, une fois sa quête terminée.

— Je vous y attendrai et prendrai grand soin de vos belles montures du nord, lui promit le Mauritanien.

— J'y compte bien, fit Galegantin. Ce petit cheval regrette déjà que tu me l'aies confié !

Le chevalier disait vrai : il avait l'air bien trop gros pour la minuscule monture, et la pauvre bête ouvrait grand les yeux et reniflait bruyamment en raison de l'effort nécessaire pour porter le colosse. La scène faisait rire les Bretons sans retenue et poussa Merlin à demander à son grand ami :

— Pourquoi le montes-tu, alors ? Attends la bataille !

Galegantin prit un ton offensé et hautain :

— Un chevalier, ça quitte une cité à cheval…

Marjean s'avança à son tour sur sa monture et confirma les dires de son confrère et mentor d'un signe de tête et d'un regard à Merlin.

Sybran commanda l'avance de la troupe, tandis que Merlin salua une dernière fois ses nouveaux amis avant de les quitter.

Le groupe était accompagné de trois engagés et d'une charrette tirée par un âne qui paraissait trop chétif pour la charge qu'il traînait. Décidément, tout dans ce beau pays semblait trop petit !

La route vers le sud, d'abord fascinante par ses paysages exotiques, devint rapidement longue et monotone. La troupe suivit les chemins de caravaniers et les indications que Merlin tirait de la perle de communication. Les souvenirs détaillés qui étaient contenus à l'intérieur de l'objet magique, le fruit de l'esprit aiguisé et fin d'Agnarr, résultaient en une progression lente mais sans faille. Faucon assistait à sa manière du haut des airs et permettait d'éviter des trajets qui se seraient avérés infructueux. Pendant plus de quarante longs jours, les Bretons, la femme Picte et les hommes du pays qui les suivaient marchèrent sans relâche. Ils se rendirent bien loin dans le désert, voyageant de point d'eau en point d'eau, jusqu'à ce que, enfin, ils entrèrent dans une étrange vallée de sable vitrifié.

— La vallée de verre ! s'écria Merlin.

Sybran établit le camp à l'abri du chaud soleil et les hommes commencèrent les recherches pour le puits de Pyros. Sybran et Bredon furent envoyés avec les hommes engagés au dernier point d'eau rencontré quelques jours plus tôt, afin d'en rapporter des réserves pour toute la troupe, remiser les chevaux et donner congé à ceux qui les avaient aidés à porter leurs bagages. Les montures furent laissées dans un village près de l'oasis, confiées au seigneur local qui avait offert son aide à cette troupe voyageant avec le sceau du gouverneur de Volubilis.

Durant la journée qu'ils passèrent à l'oasis éloignée, Sybran et Bredon rencontrèrent une vieille diseuse de bonne aventure qui leur fit d'étranges révélations sur leur destinée. Les deux Bretons en discutèrent durant leur longue marche pour aller rejoindre les autres.

— Dis-moi, Sybran, que t'a révélé la vieille femme ?

Le doyen resta d'abord silencieux.

— Bon ! Alors, je commence, fit Bredon. Moi, elle m'a dit que je serai chevalier un jour !

La révélation piqua la curiosité de Sybran, qui avoua à son tour :

— Moi, elle m'a laissé entendre que si je quitte à nouveau mon pays natal, ce sera la dernière fois.

Les deux amis échangèrent des regards méfiants, puis continuèrent.

— C'est tout ce que tu as appris ? demanda Bredon.

— Elle m'a aussi dit que «le Coq» deviendra «chef».

— Cormiac?

— On dirait, en effet… Et toi, rien d'autre?

Bredon hésita un moment et confia enfin:

— La vieille m'a révélé que celui qui ouvrira la porte de flammes sera terrassé par la mort.

— La porte?

— C'est ce qu'elle a dit…

Quand les compagnons atteignirent le camp, Merlin préparait depuis quelques jours un puissant enchantement. Il avait fait tailler une des peaux de loup marin en petites pièces rectangulaires; une pour tous les membres de sa troupe. À sa demande, chacun alla récupérer sa chaude cape d'hiver rapportée du nord et la disposa devant lui. Merlin plaça un morceau de fourrure de loup marin sur les capes et sortit deux ingrédients magiques de son sac fée: la jarre contenant la flamme d'Aduïr – cette forme étrange de flamme froide rapportée du monde des ombres –, ainsi qu'une jarre de poudre magique – la poudre de perlimpinpin. Il se concentra et ramassa une petite poignée du feu d'Aduïr et une autre de poudre magique. En tenant les bras devant lui au-dessus d'une première cape, il évoqua le pouvoir de manipulation des éléments et fusionna une part de cape, de peau, de feu glacé et de poudre magique. Il répéta son évocation jusqu'à ce que chacun de ses compagnons ait une nouvelle cape.

— Si j'ai raison, votre cape vous protégera maintenant de la morsure du froid. Car si le pays d'Hyperborée est comme je l'ai vu à travers les portes de glace, nous en aurons bien besoin.

Chacun prit sa nouvelle cape. Leur apparence originale n'avait pas été modifiée, mais une sorte de brillance nouvelle témoignait d'un changement, et toute trace d'usure avait disparu. Merlin demanda ensuite que tous lui présentent leurs armes. Il tourna son attention sur le petit feu près de lui qu'il avait fait allumer et évoqua à nouveau un esprit de flammes, comme il avait réussi à le faire sur Thulé. La petite entité de feu apparut au cœur des flammes et Merlin lui demanda de lui prêter de sa puissance pour son prochain enchantement. Le druide puisa à même la nature enchantée de l'esprit de flammes et incorpora l'énergie élémentaire du feu aux armes de ses compagnons. Il ajouta une pincée de poudre enchantée pour lier le tout et protéger les lames et les fers contre le pouvoir de feu qu'elles contenaient désormais. En gage de compensation, Cormiac, volubile comme toujours, chanta au feu presque toute la nuit de nouvelles chansons de son pays et lui raconta leur périple à travers le désert.

Les patrouilles de Sybran découvrirent un jeune homme : un des engagés laissés derrière à l'oasis, qui avait suivi Sybran et Bredon de nouveau jusqu'au camp. Il était terrifié par ce qu'il avait vu Merlin faire, mais, pour l'avoir fréquenté durant plus de quarante jours, il savait que le jeune seigneur était quelqu'un de bon. Il fut décidé que le nouveau venu resterait dans la vallée avec les bagages du groupe.

— Qu'est-ce qui nous dit qu'il ne se sauvera pas avec nos choses? demanda Galegantin d'un ton sévère.

— Faucon demeurera ici et gardera l'œil sur lui, répondit Merlin.

Et comme pour confirmer, le petit faucon lança une réclame qui traversa toute la vallée. Intimidé, le jeune homme s'imagina cent supplices que pourrait lui faire subir l'oiseau du sorcier…

La troupe était maintenant prête. Merlin se concentra et «sentit» le lieu où il devait évoquer l'ouverture de la porte. Il avait rangé l'essentiel de ses affaires, mais avait gardé deux choses avec lui: une petite masse de flamme d'Aduïr et la pierre d'albâtre marquée de runes récupérée sur l'île d'où était originaire Syphelle. Les compagnons d'armes, qui avaient revêtu leur attirail de grand froid, s'avancèrent vers un point au centre de la vallée, là où le sable était solidifié en plaques de plus en plus grandes et lisses, formant une sorte de mosaïque de verre grossière. Merlin entama l'incantation finale, mais, soudainement, il sentit la main d'un de ses hommes sur lui.

— Merlin, arrête.

Bredon lui retenait le bras.

— Pourquoi donc, mon ami? C'est le seul chemin qui mène à Hyperborée… s'il est encore accessible.

— Tu ne me croiras pas, mais une vieille diseuse de bonne aventure m'a révélé que tu risques la mort si tu ouvres la porte.

Merlin, étonné, voulut en savoir davantage :

— Qu'a-t-elle dit exactement ?

— Simplement que celui qui ouvrira la porte de flammes sera terrassé par la mort…

Merlin réfléchit au sens des mots.

— C'est *exactement* ce qu'elle a dit ?

— *Exactement*, oui, Merlin.

Syphelle s'avança alors vers les deux hommes :

— C'est donc à moi de l'ouvrir.

Merlin se tourna vers l'amazone pour considérer sa proposition.

— Tu es certaine de vouloir tenter cela ?

— Oui, seigneur Merlin. Je suis certaine… C'est ma destinée.

— Non, ne fais pas cela Syphelle, intervint Bredon.

Merlin rassura son sergent d'un « oui » de la tête.

— « Celui… » La femme a dit « celui ». Mais Syphelle est une « celle ».

Puis, voulant s'assurer une dernière fois que Bredon avait entendu juste, il lui demanda :

— Tu es bien certain qu'elle n'a pas dit « celle » ?

— Elle a dit « celui ». Je le jure.

Merlin approuva de nouveau. Il s'approcha de Syphelle et lui offrit la pierre gravée de runes.

— Ceci ouvrira la porte. Ne t'en fais pas, je te prêterai le pouvoir qui te manque pour y arriver.

Il lui tendit ensuite la petite masse de flamme bleutée.

— Ceci est la flamme froide d'Aduïr. Elle annulera temporairement les effets des flammes brûlantes du puits. « Pyros » est le mot grec pour feu. Il y a donc fort à parier qu'il y aura présence de flammes ardentes lorsque tu ouvriras la porte.

Tano s'avança et allait intervenir pour rappeler à Merlin que seuls eux deux possédaient la marque de Blaal, qui les protégeait du froid de la flamme d'Aduïr, mais il constata que Syphelle n'avait aucune difficulté à la tenir dans sa main.

— Le sortilège des capes fonctionne bien, annonça Merlin, ravi.

Après un moment d'hésitation, Syphelle se retourna vers Marjean et le chevalier lui offrit son appui moral. Elle revint ensuite à la tâche à accomplir et se concentra pour faire ouvrir la porte.

Merlin avait deviné qu'elle en serait capable ; il avait senti la présence du pouvoir chez la mère de la jeune guerrière et se doutait qu'elle aussi en possédait le germe. Il attendit patiemment que Syphelle gagne sur son hésitation et perçut, comme les autres, que quelque chose se passait. Le sol s'ouvrit devant la jeune femme et, de l'ouverture, à peine grande comme un bouclier, s'éleva soudain une grosse colonne de flammes. Syphelle hésita et Merlin lui cria au-dessus du vacarme que produisait le jaillissement de feu :

— Ne crains rien ! La flamme d'Aduïr te protégera ! Tends la main, notre survie à tous en dépend !

À la lumière de cette information, la guerrière reprit courage ; elle ne pouvait laisser tomber ses compagnons. Elle leva la main tenant la flamme froide devant elle et attendit la suite. Le puits de Pyros portait bien son nom : la colonne de feu commença à prendre de l'intensité et se gonfla de manière à approcher la fière amazone. Au contact de la flamme d'Aduïr, les bords de la colonne de feu, maintenant une immense boule et toujours en expansion, changèrent de couleur pour prendre une teinte verte surnaturelle. Rapidement, la couleur s'étendit à l'ensemble de la sphère de feu. La jeune femme fut ensuite enveloppée par les flammes vertes qui poursuivaient leur course vers elle. Syphelle s'écria, ébahie :

— Je ne brûle pas ! Les flammes ne me brûlent pas !

Merlin se retourna vers les hommes et cria à son tour :

— Allez !

Il avança jusqu'à Syphelle qui était émue par l'expérience jusqu'aux larmes et il lui prit la main maintenant vide de la flamme d'Aduïr, le feu glacé s'étant lié avec les flammes du puits de Pyros. Les deux voyageurs entrèrent au cœur des flammes et soudain ils furent transportés entre les mondes jusqu'en Hyperborée. Les compagnons emboîtèrent le pas derrière eux juste à temps. Car, de l'autre côté du portail, dans une vallée de neige similaire à celle qu'avait déjà vue Merlin en clairvoyance à travers les portes de glace de Thulé, un énorme géant se dirigeait vers eux en grognant, avec entre les mains une masse d'armes presque aussi longue que les lances des chevaliers de la troupe.

19

Une grande distance séparait encore le géant du groupe d'aventuriers et Merlin ordonna à Sybran de s'approcher de lui. Galegantin et Marjean s'avançaient déjà pour se mettre devant les autres, mais Merlin commanda au premier chevalier :

— Reste dans les flammes, Galegantin, le géant hésitera à s'en approcher.

En effet, du côté hyperboréen du portail du puits de Pyros, une fontaine de flammes, tel un geyser horizontal, crachait violemment son feu. La troupe se trouvait ainsi toujours au sein de ses flammes qui brillaient encore de la couleur verte de l'enchantement qu'avait produit sur elles la flamme d'Aduïr.

— Sybran, que recommandes-tu ? lui demanda Merlin après avoir examiné rapidement les environs. Nous rendre vers les arbres là-bas ou aller nous réfugier dans cette petite grotte ?

— Il faut l'affronter, Merlin. Si nous allons dans la grotte, il aura le temps d'appeler des renforts. Et si nous tentons notre chance dans la forêt, il sera certes ralenti, mais nous le serons aussi.

Merlin se disait qu'il devait d'abord savoir si le vigile avait eu le temps d'avertir les siens. Il s'avança devant le groupe et sortit de la zone brûlante de la fontaine de flammes.

Ugak, le géant, avait été surpris par l'étrange couleur qu'il avait aperçue et s'était levé pour inspecter les alentours. Il était sorti de la grosse cabane de pierre qui lui servait de poste de garde, en prenant soin d'apporter sa masse de combat ; après tout, on ne savait jamais ce qu'on allait rencontrer dans cette contrée magique.

Il avait contourné son abri et découvert rapidement ce qui avait attiré son attention. La fontaine de flammes, la raison même de sa présence dans cette partie reculée d'Hyperborée, avait perdu sa teinte naturelle de jaune et d'orangé pour prendre maintenant un ton vert et surnaturel.

— Ça n'augure rien de bon, avait-il pensé.

Il avait observé un moment la scène quand soudain les flammes de la fontaine s'étaient mises à pulser doucement. Ugak avait tout de suite reconnu l'effet ; il s'agissait du signe que quelque chose « passait » par les flammes. Il le savait, car, comme tous les gardes du cercle de confiance du prince Ymir, il connaissait toutes les propriétés particulières de la fontaine de flammes.

Ce puits constituait une anomalie dans le domaine de son maître. Une anomalie, certes, mais nécessaire, car grâce à celle-ci la puissance du feu était présente dans le pays de glace et de neige. Quelque chose d'imprévu s'était toutefois produit au moment de la création du monde d'Hyperborée par le prince Ymir : la fontaine, en plus de prendre souche dans les torrents infinis d'un monde de flammes, s'était aussi attachée au monde des mortels. Et elle était devenue une sorte de passage secret pour ceux qui avaient la capacité de résister au terrible feu qui y brûlait. Ugak n'était pas un de ceux-ci et il ne possédait pas l'anneau qui permettait de se protéger des flammes de la fontaine. Il était cependant son gardien et avait comme tâche de la surveiller.

Quelque chose d'inhabituel se produisait donc, cela était clair. Personne n'était passé par ce portail depuis un certain temps, et la teinte verdâtre que prenaient les flammes ne l'inspirait guère. Soudain, Ugak avait remarqué de petites formes dans les flammes vertes et compris que le pire scénario imaginable se produisait : une invasion ! Il était aussitôt retourné sur ses pas pour récupérer sa lourde corne d'auroch hyperboréen et sonner l'alarme. Mais quand il était entré dans la cabane, le gros bêta ne l'avait pas trouvée où il l'avait laissée. Aussitôt emporté par la colère, il avait renversé la soupe que, un moment plus tôt, il s'apprêtait à déguster avant de remarquer les premières ondulations de lumière verte sur la neige.

— Iruk ! avait-il crié. Où es-tu ?

Le géant avait appelé en vain son compagnon de garde qui était parti faire une patrouille dans les environs. Il avait compris cependant qu'il ne pouvait plus attendre et avait resserré les mains sur sa longue masse d'armes, décidé à s'opposer seul au petit groupe d'envahisseurs.

Merlin comprit immédiatement que le géant qui s'avançait de plus belle vers lui ne démontrait pas un tempérament accueillant et qu'il n'hésiterait pas à l'écraser comme un insecte de sa lourde masse.

— Écoute-moi, tenta-t-il d'un ton amical et dans l'ancienne langue.

Mais le géant, qui n'interrompit pas sa marche, ne montra pas de signe d'ouverture.

— Prends garde! cria Galegantin qui venait rejoindre son ami, armé d'une longue lance.

Merlin n'allait certainement pas rester là sans rien faire. Déjà, il entamait la concentration nécessaire à la manipulation des flammes derrière lui. Il projeta un mur de feu devant son gigantesque adversaire qui approchait toujours, et la barrière eut le résultat qu'il espérait : le géant stoppa net sa course. Galegantin, lui, prit position près de son jeune compagnon.

Le druide prit grand soin de ne pas approcher trop près du géant le feu sous son contrôle. En ajoutant aux flammes du puits de Pyros le feu froid d'Aduïr, Merlin les avait temporairement converties en flammes tièdes; celles-ci n'auraient probablement pas d'effets nuisibles sur son assaillant. Mais pour l'instant, lui seul le savait. Il tenta à nouveau de parler avec le géant :

— Nous venons en paix. Nous désirons obtenir une audience avec… seigneur Ymir.

— Ha! ha! ha! éclata aussitôt de rire le géant, grand d'au moins vingt pieds romains. Qui crois-tu être, petit homme, pour demander une audience au Grand Père?

Merlin avait de la difficulté à comprendre tous les mots du géant, mais devinait toutefois le sens de ses paroles.

— Qu'a-t-il dit? s'informa le chevalier.

Lorsque Merlin eût traduit, Galegantin lui suggéra :

— Dis-lui que nous ne voulons pas lui faire de mal, mais que nous n'hésiterons pas à le vaincre, ne serait-ce que pour attirer l'attention de son «prince».

Merlin dévisagea son ami, interrogatif :

— Je ne saurais pas comment dire cela. De toute manière, tu crois qu'il est sage de le provoquer ainsi?

— Allez, dis-lui…

Merlin tenta de transmettre les mots de Galegantin au géant, mais, comme prévu, ils ne firent que donner de l'ardeur à sa colère.

— Vous croyez pouvoir terrasser Ugak!

Et le géant oublia sa crainte des flammes et s'élança contre Merlin.

— Mais ce n'est pas moi qui dis ça, c'est lui! protesta-t-il en désignant le colosse à ses côtés.

Et il augmenta la puissance des flammes de la barrière devant lui, dans l'espoir de dissuader la course du géant. Mais ce dernier n'hésita pas et fonça dans le feu vert sans retenue. Merlin évita *in extremis* le puissant coup de masse qui frappa fortement par terre, soulevant le sol sous ses pieds.

Pendant ce temps, Galegantin, n'écoutant que son courage, visa le géant de son arme juste au-dessus de la hanche et la pointe de son fer pénétra profondément dans la chair du titan, lui volant au passage un cri de douleur assourdissant. Comme prévu, l'enchantement de Merlin avait repoussé les effets de l'armure de glace vivante et permis que le géant fusse blessé normalement. Le jeune homme avait compris cependant que si quelqu'un venait à être frappé par l'arme de la grande créature, il serait inévitablement réduit en bouillie. Par bonheur, l'armure vivante des géants de glace semblait ralentir leurs mouvements juste assez pour que les humains arrivent à les éviter. Mais le pire pouvait se produire à tout moment, particulièrement si plus d'un géant attaquait à la fois.

La troupe ne resta pas derrière et déjà les plus braves s'avançaient pour prêter main-forte au chevalier Galegantin. Pendant ce temps, Merlin abandonna l'usage de la magie et rappela Sybran d'un geste pour qu'il amène Syphelle en sécurité. Mais Marjean était déjà aux côtés de la femme et l'invitait à le suivre pour prendre place sur les flancs du géant, une position moins à risque. Une fois Sybran assuré de la satisfaction de son seigneur sur le sort de la femme, il fonça à son tour au milieu de la mêlée.

— Écartez-vous, je vous prie, et laissez-moi vous montrer comment faire, pérora-t-il avec bravade à l'intention de Galegantin.

Il y avait toujours eu une vive compétition entre les deux guerriers; un expert au combat de pied, l'autre au combat monté, et cette confrontation avec le géant s'avérait une nouvelle occasion pour chacun de prouver sa supériorité.

— Humff! grogna le grand chevalier en guise de commentaire.

Les autres restaient à une distance respectueuse, prêts à agir, tout en demeurant prudents devant un si puissant adversaire. Merlin était rassuré par la modération de sa troupe, considérant qu'il valait mieux éviter de prendre des risques inutiles pour le moment. Il remercia Bredon qui était venu l'aider à se relever après que le violent coup de masse lui ait fait perdre pied et observa attentivement ce que Sybran le Rouge s'apprêtait maintenant à faire, comme tous ses autres compagnons, d'ailleurs.

Le lancier se faufila tout près du géant alors que ce dernier extirpait le fer de Galegantin de son ventre. Le vieux guerrier évita habilement une première attaque dirigée contre lui, mais une deuxième le menaça sérieusement. Par malheur, mais peut-être aussi par erreur, Sybran s'était aventuré sur le couvert de neige et il avait glissé, perdant le contrôle sur lui-même juste au moment où il avait atteint le géant. C'est du moins ce que les autres pensèrent, car, alors que le géant allait l'écraser sous son pied, Sybran se redressa miraculeusement et planta sa lance affilée dans la partie intérieure de la cuisse de son adversaire. Sa feinte avait parfaitement fonctionné.

— Tu ne lui fais même pas mal, tu as plutôt attisé sa colère, lui reprocha Galegantin, moqueur.

Sybran tendit alors tous ses muscles et retira brutalement sa lance de la jambe du titan, laissant une plaie

217

d'où se mit à jaillir un long jet de sang noir. Sybran le Rouge recula rapidement et prit position à bonne distance de son rival. L'expert lancier avait précisément atteint le géant dans la grosse veine qui parcourt normalement l'intérieur de la cuisse – chez un humain, un tel coup ne laissait que quelques minutes de vie. Le géant prit panique et lâcha sa lourde masse pour placer ses deux mains sur la plaie béante. Heureusement pour lui, sa fabuleuse armure vivante entra aussitôt en action. La magie du froid, qui était la nature même de sa protection, gela le sang noir du géant au niveau de sa blessure et interrompit l'hémorragie avant qu'elle n'ait raison de lui.

Galegantin, émerveillé comme tous les autres par la prouesse de Sybran, espérait faire encore mieux. Si un chevalier se devait de ne jamais frapper un adversaire de manière traître ou inégale, il avait tous les droits de terrasser un rival qui refusait de mettre fin à la bataille.

— Cède ou meurs ! déclara-t-il alors que lui et Sybran se préparaient pour une deuxième série d'attaques.

Mais au lieu d'abandonner, le visage du géant se couvrit d'un vilain rictus et les hommes devinèrent bientôt pourquoi. Les pas lourds d'un autre géant se firent entendre et les vibrations qu'ils causaient secouèrent tous les membres de la troupe.

— Ha ! ha ! ha ! C'est mon compagnon Iruk qui vient. Bientôt, vous aurez à affronter les attaques de deux d'entre nous !

Sybran n'allait pas attendre comme Galegantin que le géant cède ; il avait pris la décision de mettre le sort en sa faveur et d'en finir avec son adversaire dans l'immédiat. Mais quand il vit l'autre grand géant tourner le coin du mur de la cabane, il comprit tout de suite que, même sans l'aide du premier, ce deuxième géant allait offrir une redoutable résistance. Il était plus de trois fois grand comme Ugak et, par ses vêtements et ses parures, semblait d'un rang supérieur. Dans une main, il tenait une longue et lourde épée, et de l'autre, un grand olifant. Merlin reconnut aussitôt le chef des géants; celui que lui, Cormiac, Tano et Syphelle avaient aperçu aux portes de glace sur Thulé.

— Mais tu n'es pas Iruk? dit soudain le géant blessé à la cuisse et au ventre, comme si l'apparition du second géant le surprenait. Ah! je comprends. C'est lui qui t'a appelé…

Son visage s'illumina de la tournure que prenaient les événements. Son rire tonitruant fit trembler toute la région alors que les compagnons se regroupaient lentement pour faire face à ce nouvel adversaire. Ugak s'arrêta pourtant soudainement de rire.

— Mais… Iruk n'a pas sonné l'alarme, raisonna-t-il à voix haute. Je l'aurais entendu!

Alors qu'Ugak se relevait lentement et péniblement pour interroger l'autre géant, les compagnons de la troupe furent témoins d'une action qu'aucun d'entre eux n'aurait pu prévoir. Le grand géant, plutôt que de porter assistance au garde de la porte, leva brusquement la grosse corne d'auroch hyperboréen et l'abattit violemment à la base de son crâne. La surprise qui marqua le visage de l'infortuné vigile trahit son incompréhension de ce qui lui arrivait, tandis que son grand corps s'affaissait lourdement sur le sol.

Tous se regardèrent d'abord les uns les autres et se tournèrent finalement vers Merlin dans l'espoir d'obtenir une explication. Leur jeune chef s'avança de nouveau au-devant d'eux et se présenta, espérant avoir plus de chance cette fois :

— Je suis Merlin et voici mes compagnons : Galegantin, Marjean, Sybran, Bredon, Cormiac, Donaguy, Jeanbeau, Tano et Syphelle. À qui ai-je l'honneur ? demanda-t-il en breton.

Il restait sur ses gardes, mais escomptait que ce nouveau géant soit plus enclin au dialogue.

— Je suis Unaek, premier leude du prince Ymir. J'ai appris votre arrivée par la fontaine de feu et je suis venu le plus rapidement possible, prononça le grand géant dans un breton parfait.

Merlin et les autres comprirent que ce dénommé Unaek était un important officier du prince Ymir, mais ils ne savaient toujours pas pourquoi il agissait de la sorte et, surtout, pourquoi il avait assommé le gardien Ugak.

— Devons-nous nous considérer comme vos prisonniers ou vos invités ? demanda alors le chevalier Galegantin.

— Ni un ni l'autre, noble chevalier. Il est impératif que personne ne sache que vous êtes parvenus à entrer dans le domaine d'Hyperborée. Et surtout que personne n'apprenne que je vous ai porté assistance.

Merlin commençait à saisir.

— Qu'allez-vous faire d'Ugak ?

— Je ne sais pas encore... Le tuer maintenant ne servirait à rien, son corps se reformerait dans les couloirs wendriques et son esprit, si primitif soit-il, retrouverait éventuellement son chemin jusqu'à lui.

— Que sont ces «couloirs wendriques»? s'informa Merlin.

— Il s'agit d'un lieu sacré d'Hyperborée où les corps de nos morts reprennent forme et où leur esprit immortel reprend le contrôle sur eux.

— Et qu'est-il arrivé au garde nommé Iruk?

— Je l'ai laissé un peu plus loin dans le même état qu'Ugak.

Merlin réalisait que ce nouveau venu était bien plus qu'il ne l'avait d'abord pensé.

— Une seule chose reste encore sans réponse: qu'est-ce qui vous a révélé notre arrivée?

— Une apparition de la dame Myripale, bien entendu. C'est bien vous qui venez lui porter secours?

20

Le géant Unaek prit un moment pour expliquer à Merlin qu'il était depuis peu, et dans le plus grand secret, en contact avec la reine des ondins du Lac. Il désirait lui apporter son aide pour quitter le domaine des géants de glace, en prenant grand soin de ne pas être découvert.

— Mais pourquoi aidez-vous la dame Myripale ? le questionna Merlin. N'est-elle pas la captive de votre maître, le prince Ymir ?

Le géant hésita un moment, mais répondit enfin :

— Je crains que mes motivations ne soient pas à la hauteur de vos espérances, jeune maître. J'aide la dame Myripale, certes, mais principalement parce que je redoute les effets que l'ondine magicienne a sur mon seigneur. Depuis qu'il s'est épris d'elle, il a complètement changé ; avant cela, jamais il n'aurait osé enlever une femme de la manière dont il l'a fait, même une si jolie créature. Le prix que paye le royaume depuis ce jour, le prix qu'il en coûte au seigneur Ymir, n'en valent pas la peine.

— De quel prix s'agit-il, au juste ?

— D'abord, le prince Ymir en paye de sa santé physique et mentale. Il devient de plus en plus imprévisible et dort tout le temps. Il a même délaissé son rôle de meneur dans la guerre qui nous oppose à nos ennemis ancestraux : les Ases. Résultat, nous avons perdu tant de terrains qu'il ne nous reste plus maintenant comme domaine que cette vaste, certes, mais unique vallée.

— Est-ce pour cela que le prince Ymir a fait bloquer les portes de glace ?

— En partie, mais la principale raison est que la dame Myripale nous a échappé. Et nul ne sait où elle se cache.

Merlin poursuivit son interrogatoire :

— Pas même vous ? Vous venez de dire que vous êtes en contact avec elle.

— Je suis en contact avec la reine ondine, c'est vrai, mais seulement quand elle vient à moi. Elle prend alors une forme immatérielle et se présente telle une apparition, et ce, toujours quand je suis seul.

Merlin avait encore bien des questions, mais le géant montrait des signes d'impatience et de nervosité.

— Je dois maintenant partir au plus vite avant que quelqu'un ne nous voie, reprit-il. Vous devriez en faire autant, jeune mortel.

— Nous entendons partir à la recherche de dame Myripale sur-le-champ. Auriez-vous une piste qui nous permettrait de la retrouver ?

— Aucune, je le crains, mais j'ai bon espoir qu'elle viendra vers vous d'ici peu. Quittez seulement ce lieu, car une patrouille viendra si les gardes restent silencieux trop longtemps.

Le géant Unaek se mit alors à gesticuler étrangement, d'une manière que les compagnons de Merlin reconnaissaient pour être des gestes d'incantation. Il se concentra quelques secondes et lança un sortilège invisible sur le géant gisant au sol. Il se tourna ensuite vers Merlin et l'informa :

— Je lui ai volé les mémoires des récents événements ; je ferai de même pour Iruk. À présent, partez au plus vite !

Il ne salua pas Merlin ni ses compagnons et repartit par où il était arrivé. Avant de tourner le coin du mur de la cabane, il lança une dernière phrase au groupe :

— Nous nous reverrons peut-être, jeunes mortels !

Merlin s'éloigna de la fontaine de flammes et ses autres compagnons firent de même. La couleur du jet de feu revenait lentement à la normale et, avec ce changement, la chaleur se faisait à nouveau sentir à proximité des flammes.

Le jeune druide récupéra deux grandes fioles en terre cuite de son sac fée. Il demanda à Cormiac d'aller en remplir une avec le sang du géant assomé. Merlin se rendit lui aussi auprès du corps inanimé d'Ugak et, à l'aide de sa dague enchantée, il recueillit un échantillon de l'armure de glace vivante qui lui recouvrait le corps. Quand Cormiac lui remit la fiole pleine, Merlin rangea le tout avec soin dans son coffre à échantillons et celui-ci dans son sac fée. Le jeune chef se tourna ensuite vers son homme de confiance et commanda :

— Conduis-nous loin d'ici, je te prie.

Sybran le Rouge prit la tête de la file et guida le groupe vers un bois de grands conifères qui offrait le meilleur espoir de camoufler les traces de leur passage. En effet, les arbres géants de la vallée laissaient, comme leurs cousins du monde des humains, un grand nombre d'aiguilles sur le sol et il était facile de circuler sur ce tapis naturel sans laisser de marques. De plus, cela permettait de ne pas trop s'enfoncer dans la neige, qui ressemblait en tout point à celle de leur monde d'origine.

Le groupe de guerriers celtes marcha ainsi pendant plusieurs heures et trouva enfin une petite caverne où s'abriter. Mais il fallait d'abord s'assurer qu'elle n'était pas le refuge d'une autre créature : Sybran désigna une équipe pour aller vérifier. Par bonheur, la grotte semblait vide pour l'instant et la troupe y établit donc son camp.

Merlin sortit les grandes peaux de loup marin de son sac fée et les hommes en placèrent une sur le sol afin de s'y installer. On accrocha une deuxième peau devant l'entrée de la caverne, afin d'atténuer les effets du vent et de cacher partiellement leur présence. Sybran envoya ensuite des hommes en patrouille, tandis que Merlin s'installa dans un coin avec du matériel récupéré de son sac magique et commença à mesurer et à mélanger divers ingrédients, dont le sang du géant, afin de concocter de nouvelles potions. Cormiac fut chargé, comme d'habitude, de trouver le bois nécessaire pour faire un feu et, bientôt, l'entrée de la grotte fut illuminée par une flamme réconfortante dans un cercle de pierres. Sybran fit installer un écran fabriqué de neige et de branches d'épinettes surdimensionnées un peu plus loin devant le feu, afin de cacher la lueur à d'éventuels observateurs indiscrets. Le froid n'avait toujours pas d'emprise sur les compagnons et déjà le moral de la troupe s'en portait fort bien. Tous se rappelaient comment difficile leur séjour sur Thulé avait été et chacun remerciait Merlin pour l'enchantement qu'il avait placé sur leur cape.

— Si nous avions voyagé avec nos propres montures, je les aurais équipées de bâches possédant le même enchantement et nous aurions pu les emmener ici avec nous, dit-il aux deux chevaliers.

— Je crois que tu aurais dû le faire avec les montures qu'Azûlay nous a confiées, Merlin, fit Galegantin d'un ton légèrement offusqué.

— Mais son enchantement n'aurait pas protégé un certain cheval contre le poids considérable de messire Galegantin, commenta un joyeux Cormiac.

Et les compagnons rirent à gorge déployée de la blague du Coq de Cerloise. En guise de récompense, Galegantin, quelque peu froissé, envoya Cormiac faire le premier tour de garde au-dehors avec Donaguy.

Merlin décida, pour sa part, qu'il était temps pour lui de révéler ce qu'il avait préparé durant l'après-midi. Il présenta une des concoctions qu'il avait produites et expliqua :

— Cette potion contient des ingrédients qui lui confèrent un puissant pouvoir. Celui qui en boira grandira rapidement jusqu'à prendre la dimension d'un géant. Je dois tout de suite la proscrire au chevalier Galegantin, car son armure de fer l'étoufferait dès les premiers effets de la potion. Rappelez-vous, mes amis, si vous prenez cette potion, retirez les contraintes de vos armures.

— Si je comprends bien, Merlin, tu as fait ces potions au cas où nous serions attaqués par les géants?

— C'est bien cela, Marjean. Mais vous en prendrez seulement si l'un des chevaliers, Sybran ou moi-même, le commande.

Tous s'accordèrent pour respecter cette dernière consigne.

La nuit se passa sans problème, nul intrus ne venant déranger le groupe à l'abri dans la caverne; sans aucun doute, le feu qu'entretenaient les hommes y était pour beaucoup. Par bonheur, dans cette région d'Hyperborée, on trouvait du bois à profusion. Merlin resta éveillé une bonne partie de la nuit, mais aucune apparition de l'ancienne dame du Lac ne vint à lui. À son réveil, il informa ses compagnons qu'il partirait seul en reconnaissance dans les environs.

— Laisse-moi au moins venir avec toi, Merlin! insista Sybran.

Merlin accepta l'offre de son second.

— Bredon, garde les hommes près du camp et prêts à l'action.

— Je veux aussi venir avec vous, exhorta alors Syphelle.

Mais, cette fois, Merlin n'allait pas se laisser convaincre.

— J'aimerais mieux que tu restes ici, mon amie. Prête plutôt ton aide aux autres pour trouver de la nourriture, nous en aurons besoin si nous devons nous terrer ici longtemps.

— Mais je…

— Non ! Pas cette fois… trancha celui qu'elle avait promis d'obéir.

Sybran dissimula un léger sourire et alla récupérer le matériel nécessaire pour accompagner Merlin. Les deux hommes de Cerloise partirent peu après et, une fois éloignés du camp, Merlin voulut mettre quelque chose au clair :

— Pourquoi as-tu souri quand j'ai perdu patience devant Syphelle ? Tu m'as trouvé trop dur avec elle ?

— Non, au contraire, répondit le sage guerrier. Tu l'as traitée comme tu l'aurais fait n'importe quel autre des hommes. Elle est désormais un membre de la troupe à part entière. Si elle se sent blessée pour le moment, elle se ravisera plus tard quand elle aura tout compris.

Le jeune seigneur s'arrêta un moment et plaça une main sur l'épaule de son ami :

— Tu sais toujours ce qu'il faut dire pour me remonter le moral, Sybran le Rouge.

Le lancier se contenta de hausser les épaules et les deux hommes reprirent leur marche.

Un peu plus loin, Merlin lui expliqua qu'il allait maintenant effectuer un transport mystique comme il l'avait fait avec les autres dans les neiges de Thulé. Il offrit son bras à Sybran et se concentra en préparation au sortilège. Les deux hommes se transformèrent presque aussitôt en particules de lumière et celles-ci se mirent à voyager rapidement, de flocon en flocon, vers l'autre bout de la longue vallée. Les deux Bretons y reprirent forme pour examiner un moment les lieux où ils venaient de réapparaître. Ils effectuèrent ainsi deux autres déplacements et repérèrent finalement le côté hyperboréen des grandes portes de glace, le village des géants, ainsi qu'une forteresse au sommet d'une haute montagne : probablement le château du prince Ymir. Merlin les transporta une dernière fois jusqu'au camp et informa les hommes qu'il allait se reposer pour récupérer de ses efforts.

Pendant que Merlin faisait la sieste, la troupe eut la visite d'un «petit» intrus. En effet, une martre géante en maraude s'était approchée du camp et avait décidé de s'en prendre à Jeanbeau qui effectuait une patrouille avec Tano, le petit homme constituant une proie inespérée dans ce monde de géants. Cormiac, alerté par l'appel aux armes de ses amis, décida qu'il s'agissait là du moment idéal pour mettre à l'essai la potion que Merlin avait partagée avec les autres pendant qu'il était lui-même en patrouille. Il en avait appris l'existence durant un échange avec les hommes et en avait récupéré une fiole dans les affaires de

Sybran pendant son absence. Malheureusement pour lui, il n'avait pas été averti des dangers ni de l'obligation d'attendre l'ordre pour en prendre une ration ; une omission volontaire de Jeanbeau qui croyait l'avertissement inutile. Alors même que Tano et Jeanbeau repoussaient les attaques de la martre, qui avait dans ce monde surnaturel la taille d'un fauve, Cormiac s'écria :

— J'arrive !

Et il but la potion d'un trait.

Le guerrier se mit aussitôt à grandir, mais pas ses vêtements. Plus il grandissait, plus son corps gagnait en force. Heureusement pour lui, il était désormais assez fort pour déchirer ce qu'il portait en tendant simplement ses puissants muscles. Après seulement quelques secondes d'effets de la potion, Cormiac avait la taille d'un géant et ne portait plus, comme vêtement, que sa cape enchantée qui, elle, avait grandi avec lui. Il dominait maintenant l'espace devant la caverne, nu comme un ver, sa cape volant dans le vent. Tano, qui achevait la bête que son compagnon de garde et lui avaient repoussée sans trop de difficulté, se retourna quand Jeanbeau éclata de rire devant un Cormiac surdimensionné en habit d'Adam.

— Ce n'est pas drôle ! s'indigna le grand coq de Cerloise.

Les autres sortirent admirer la dernière gaffe du bouffon de la troupe. Tous riaient à en souffrir de crampes, sauf Sybran qui n'y voyait rien d'amusant. Syphelle rougissait pour Cormiac, mais ajouta à son ridicule en commentant :

— Voici donc la véritable raison du succès de Cormiac auprès les filles !

Cormiac tenta de rester digne, lui qui n'avait visiblement pas de complexes sur son physique. Il dut attendre près d'une heure avant que les effets de la potion s'inversent et qu'il puisse retourner dans la caverne mettre les quelques vêtements intacts qui lui restaient. Le pauvre homme eut alors à affronter la colère de Sybran et à s'expliquer de ses actions irréfléchies.

Merlin, qui avait eu vent de l'affaire, laissa son capitaine gérer la crise. Il était satisfait pour sa part des effets réussis de sa potion. Le druide décida de mettre à profit cette expérience positive et retourna fabriquer d'autres potions, cette fois avec le sang de la martre terrassée un peu plus tôt par ses hommes. Il se sentait inspiré par le récit du combat contre la bête et la rapidité éclair du prédateur dans son attaque sur les hommes. N'eut été de leur expérience et de leur armure, Jeanbeau, Tano et les autres auraient souffert plus que de simples blessures superficielles.

Quand il eut enfin terminé ses expériences, Merlin remarqua que la journée tirait à sa fin et que la nuit avait déjà commencé à jeter son voile sur la vallée. Le jeune homme sortit au-dehors se dégourdir un peu et, soudain, sentit une forte présence près de lui. En se retournant, il vit l'apparition qu'il attendait et espérait.

21

Merlin fut aussitôt saisi par la grande beauté de l'apparition qui flottait devant lui, juste au-dessus de la neige. Il lui reconnaissait les traits fins et familiers qui caractérisaient aussi ceux de sa chère amie Ninianne. Il se leva pour lui offrir une digne révérence et, à sa grande surprise, l'apparition de la dame ondine en fut tout aussi amusée que Ninianne l'était toujours lorsqu'il lui affichait ainsi son respect. La superbe reine ondine lui rendit son salut et, d'une voix étrange et surnaturelle, lui dit :

— Vous êtes celui qui vient du monde mortel. Vous avez trouvé le message que j'ai laissé derrière et avez réussi à en briser le sceau d'occultation.

— Je suis bien celui qui a eu votre message, mais ce n'est pas moi qui l'ai trouvé le premier. J'ai découvert le bouton de manteau du prince Ymir dans la salle des trésors de votre palais du Lac.

L'apparition sembla étonnée par ces révélations :

— Quelles nouvelles du palais du Lac et de mon peuple ?

— Votre époux et votre fille Ninianne vont bien. Majesté, votre peuple en entier vous recherche depuis votre disparition. Et maintenant, Ninianne a pris votre place comme reine des ondins du Lac.

La dame sembla bouleversée par ses paroles.

— Ai-je été absente depuis si longtemps? Ma fille a maintenant atteint l'âge de régner...

La dame se ressaisit dignement et continua :

— Peu importe... Vous êtes là, maintenant.

— Dites-moi où vous êtes et je viens immédiatement à votre secours, l'assura Merlin.

Mais la belle ondine lui répondit d'un ton funeste :

— Il est trop tard pour cela, je le crains... J'espérais quand même qu'un jour quelqu'un vienne pour que je lui transmette un message pour les miens.

— Je peux faire plus que cela, Majesté. Je peux vous aider à quitter ce monde.

— Brave mortel, j'ai bien peur que cela soit impossible. Les assauts obstinés du prince Ymir m'ont forcée à prendre les grands moyens et j'ai dû sacrifier mon corps pour libérer mon esprit de ses contraintes.

— Mais comment pouvez-vous me parler, alors? s'étonna Merlin. Je croyais...

— Les particularités de mon état sont trop complexes pour vous les expliquer, mon jeune ami. Disons simplement que mon corps n'est plus et que mon esprit habite désormais un autre «vaisseau».

Merlin comprenait maintenant pourquoi les géants ne trouvaient pas la trace de la dame, elle avait fait migrer son esprit de fée dans un objet, une plante ou un animal, comme pouvaient aussi le faire les plus puissants des druides au moment de leur mort physique.

— Alors, dites-moi où vous êtes et je viendrai vous chercher dans votre forme actuelle. J'apporterai votre vaisseau auprès des vôtres. Vous pourrez ainsi leur transmettre votre message « en personne ».

— Une fois encore, je ne crois pas que cela soit possible. J'ai investi trop de puissance dans le transfert de mon esprit, de sorte que je suis incapable migrer de nouveau. Pour ce qui est de mon vaisseau actuel, il s'agit de la clef de voûte de la grande porte qui mène à la salle d'audience dans la forteresse du prince Ymir ; tout le toit du palais repose dessus et j'estime qu'il est impossible de retirer la pierre noire de sa position.

Merlin jongla avec ces informations un moment, puis annonça :

— Peu importe, dame Myripale. Faites-moi confiance, je viens vous chercher.

Le jeune druide attendit au matin pour partager avec ses compagnons rassemblés ce qui s'était passé la veille entre lui et l'ancienne dame du Lac. Galegantin parla le premier :

— Je vois par ton assurance que tu as déjà imaginé un plan pour ce que tu veux faire maintenant !

— Tu devines juste, Galegantin. J'ai l'intention de me rendre dans la forteresse du prince Ymir et d'y secourir dame Myripale. Mais pour ce faire, il faudra que tu te charges de faire diversion pour moi.

Merlin expliqua ensuite comment il désirait que le chevalier et la troupe appliquent une stratégie similaire à celle qu'avaient utilisée les hommes lors de l'assaut d'une colonie saxonne, quelques années plus tôt. Il voulait que Galegantin mette le feu à différentes cabanes du village en simulant une attaque des Ases, les ennemis tant redoutés des géants. Pendant ce temps, Merlin, accompagné du chevalier Marjean et de Sybran le Rouge, ferait intrusion dans la forteresse d'Ymir. Les compagnons discutèrent des détails du projet et s'accordèrent sur les actions à suivre pour les mettre à exécution avec succès. Merlin et Sybran tracèrent dans le sol de la caverne un plan à échelle réduite des environs et des positions respectives des lieux de référence : les portes de glace, le puits de flammes, le village et la forteresse d'Ymir. Il fut enfin convenu d'un point de ralliement de la troupe près du village des géants. Après avoir récupéré le vaisseau de l'esprit de la reine, la troupe quitterait les lieux par l'accès offrant les plus grandes chances de succès.

Tous durent se préparer pour ce grand assaut. Merlin distribua des potions de guérison et s'assura que le groupe de Galegantin ait à sa disposition quelques potions de «gigantisme» et de «rapidité». Enfin, un grand repas fut organisé pour donner force et courage aux compagnons, à la suite de quoi le camp fut totalement démonté.

Merlin rassembla les guerriers et annonça qu'il les transporterait en «passant par la neige», comme il l'avait déjà fait avec certains d'entre eux. Le sort n'exigeait pas autant de puissance que lors de ses premiers essais, car il en avait désormais brisé le «mur». Les compagnons firent une chaîne humaine en s'agrippant les uns aux autres et leur chef entra en transe pour les déplacer à une vitesse vertigineuse près du village des géants.

Arrivé à destination, le groupe se mit d'accord sur les derniers points, et le trio Merlin, Marjean, Sybran partit à son tour, encore une fois par transport mystique, jusqu'à la forteresse du prince Ymir. Les trois hommes prirent position pour attendre de manière discrète les signes du début de la diversion de Galegantin et du reste de la troupe.

Les minutes passèrent en silence et Merlin en profita pour explorer, par clairvoyance, le meilleur chemin à suivre pour entrer dans la forteresse et se rendre à la grande salle d'audience. Il constata par sa vision que les géants, peu touchés par le froid et la neige, avaient l'heureuse habitude de laisser les portes grandes ouvertes. La forteresse ressemblait pour sa part à une sorte de longue maison dont la première moitié du mur était faite de pierres, le reste étant constitué d'épaisses planches de bois. Bref, il s'agissait d'une construction comme on en retrouvait souvent dans les pays nordiques. Merlin savait maintenant ce qu'il allait faire exactement et expliqua à ses deux amis ce qu'il attendait d'eux :

— Une fois à l'intérieur, je me rendrai auprès de la dame Myripale. Il faudra que vous gardiez les géants présents en respect, le temps que je la libère.

Merlin savait que Marjean et Sybran étaient tous deux d'excellents guerriers – en particulier son capitaine – et il avait confiance en eux. Les deux hommes confirmèrent qu'ils étaient d'accord avec le plan et leur chef s'assura enfin que chacun d'eux avait en sa possession une potion de «gigantisme».

— Si vous le croyez nécessaire, buvez-en une portion. Vos armes enchantées, comme vos capes, conserveront leurs proportions et vous pourrez les utiliser comme à la normale.

Les deux guerriers échangèrent un regard et se mirent aussitôt à se dévêtir du superflu, pour ensuite le ranger dans leur sac de transport.

— Pourquoi attendre? dit le lancier, un sourire pincé aux lèvres. Nous pourrons nous revêtir après, si nous survivons.

— Dieu aime les intrépides, Merlin, ajouta Marjean. Sybran et moi désirons t'être pleinement utiles.

Le jeune homme plaça leurs sacs de transport dans son gros coffre, qu'il rangea comme d'habitude à l'intérieur de son sac fée. Soudain, une longue plainte brisa le calme relatif qui régnait dans la grande vallée : quelqu'un avait soufflé dans sa corne d'auroch hyperboréen. On avait sonné l'alarme au village.

Merlin était prêt et sa concentration initiale aussi; il la maintenait ainsi depuis un bon moment. Il évoqua d'abord l'appui élémentaire de l'air et leva une forte bourrasque de vent pour projeter une grande quantité de neige en une longue colonne dans les profondeurs de la forteresse. Les géants qui gardaient la porte ne s'en soucièrent guère, eux qui assistaient souvent à un tel phénomène. Quand la couche de neige fut assez uniforme et épaisse, Merlin saisit le bras de ses compagnons qu'il déplaça par transport mystique jusqu'au bout du tapis blanc qu'il avait étalé dans le bâtiment. Quand les Bretons reprirent forme, ils se trouvaient loin derrière un petit groupe de géants qui s'étaient précipités à l'extérieur pour répondre à l'appel de l'alarme au village, qui résonnait un peu plus loin.

Sybran but aussitôt la potion de gigantisme et se mit à grandir rapidement, sa lance et sa cape avec lui. Marjean l'imita dès qu'il aperçut un autre géant, encore à l'intérieur, qui les avait repérés. Merlin, qui avait déjà visualisé les lieux par clairvoyance, but aussi une potion, mais pas la même que ses deux compagnons… Il sentit rapidement les effets de sa plus récente concoction, ayant l'impression que tout ralentissait autour de lui, ce qui lui confirmait qu'il possédait maintenant la rapidité et les réflexes que le sang de la martre hyperboréenne lui conférait.

Vite comme l'éclair, Merlin s'élança vers le géant qui s'avançait vers lui, tandis que Sybran fermait les deux grandes portes pour barrer l'accès de l'extérieur au petit groupe de géants qui était sorti un moment plus tôt. La porte fortifiée et sa barre de blocage les feraient sans doute gagner, Marjean et lui, de précieuses minutes. Merlin se faufila si vivement entre les jambes du géant qui approchait que ce dernier fut complètement pris au dépourvu, et lorsqu'il pivota sur lui-même pour suivre le jeune druide qui filait, il tourna maladroitement le dos à Marjean qui venait déjà sur lui.

Merlin porta toute son attention sur la pierre noire de clef de voûte au sommet de la porte sous laquelle il se trouvait maintenant. Il se concentra sur le bouton d'Ymir qu'il tenait dans une main et vit aussitôt la trace lumineuse du marqueur magique indiquer la position où reposait l'esprit de dame Myripale : il était bien dans la pierre au-dessus de lui. Il devait agir rapidement et produire un nouveau vaisseau pour emmagasiner l'esprit de la reine des ondins du Lac. Tandis qu'il gardait son regard à l'affût de toute surprise, Merlin glissa la main sous sa tunique de cuir pour récupérer son sac fée.

Mais d'où il était positionné, il remarqua tout au fond de la pièce qui s'ouvrait de l'autre côté de la vaste porte un énorme géant, plus grand encore que tous ceux qu'il avait déjà aperçus, à la peau bleu foncé et à la longue barbe blanche, endormi dans un grand fauteuil. Merlin se déplaça prudemment dans sa direction et remarqua ensuite une cage dorée accrochée au plafond, flottant au-dessus du sol près du trône de celui qui ne pouvait être que le prince Ymir. La cage était vide, mais Merlin devina qu'elle avait probablement servi de prison à dame Myripale.

Son regard fut ensuite attiré par quelque chose sous la cage. Il s'approcha de celle-ci, en contournant une longue table placée entre lui et le prince des géants de glace, afin d'avoir une meilleure vue de ce qu'il avait aperçu. En arrivant auprès de la cage grillagée, il se pencha pour prendre un échantillon de l'étrange poussière qui couvrait le sol sous elle. Merlin en croyait à peine ses yeux, car là, dans ses doigts, il tenait le plus précieux de tous les constituants magiques qu'il connaissait : la poudre de perlimpinpin. Après réflexion, il comprit quelle était l'origine de cette mystérieuse poudre magique : il s'agissait des restes, des cendres, en quelque sorte, de la fée Myripale ! C'était donc cela le secret de la poudre miraculeuse ; elle était le résidu du corps des peuples magiques.

Merlin abandonna ses pensées pour le moment, car il disposait de peu de temps avant que les géants à l'extérieur ne viennent s'attaquer au problème des intrus dans leur forteresse. Il se concentra et entama une nouvelle manipulation élémentaire. Après avoir extirpé, à l'aide de son pouvoir, une petite quantité du métal doré de la cage, il donna à la masse, maintenant en fusion, la forme partielle d'une sphère. Le druide évoqua ensuite une seconde manipulation, du vent cette fois, afin de recueillir la poudre magique sur le sol et de l'introduire dans la sphère incandescente avant de la refermer complètement, toujours à l'aide de sa magie.

Tandis que la sphère brûlante flottait devant lui, Merlin plongea la main dans sa poche et en sortit une parcelle de la masse de flamme d'Aduïr qu'il avait pris soin d'y placer, en prévision de ce qu'il aurait à faire pour quitter le domaine d'Hyperborée. Il déposa une petite quantité du feu froid au sommet de la sphère rougeâtre en fusion, toujours en suspension dans les airs, et celle-ci se refroidit aussitôt en prenant une belle apparence lisse et dorée. Merlin la prit alors dans ses mains et, jetant un dernier coup d'œil vers le prince Ymir endormi, retourna sous le portail qui abritait l'esprit de la dame du Lac.

Le jeune druide agissait avec tant de rapidité que seule la moitié du temps normal nécessaire pour ces actions ne s'était écoulée. Entre-temps, Marjean avait d'abord tapé sur l'épaule du géant qui lui faisait dos pour attirer son attention avant de foncer sur lui. Marjean avait atteint une taille qui lui permettait un affrontement à forces égales, et la suite tenait moins de l'exploit que de la grande habileté du nouveau chevalier. Il avait terrassé son adversaire sans ménagement, sachant bien que ce dernier allait reprendre vie plus tard, de toute façon. Quand il en eut terminé avec le géant, il entendit Merlin lui demander :

— Donne-moi un coup de main, veux-tu ?

Son ami, beaucoup plus petit que lui, pointait la clef de voûte au sommet de la porte.

Marjean aurait normalement éclaté de rire devant les gestes rapides et la petite voix aiguë que Merlin avait en ce moment, mais il comprenait bien que le temps manquait. Il s'approcha de lui en deux enjambées et le souleva sans peine d'une seule de ses mains de géant jusqu'à la pierre noire. Merlin entra aussitôt dans une profonde concentration. Si l'ancienne dame du Lac ne possédait plus le pouvoir suffisant pour migrer vers le vaisseau magique qu'il venait de créer pour elle, le jeune druide effectuerait lui-même le transfert.

Merlin avait médité sur l'étrange pouvoir de transmigration, mais jamais auparavant avait-il tenté de l'effectuer. Après tout, le sort était réservé aux druides les plus expérimentés seulement, toute erreur pouvant s'avérer fatale pour l'esprit manipulé. Merlin sentit toutefois que la dame Myripale lui offrait son aide et il réussit, bien que péniblement, à effectuer la transmutation de l'esprit vers la sphère d'or.

Lorsqu'il reprit son souffle, après un effort éprouvant, il remarqua Sybran dans l'autre pièce qui peinait à garder les grandes portes fermées devant les puissants assauts des géants derrière. Merlin vit aussi qu'une partie du tapis de neige qu'il avait fait entrer dans le palais était toujours présent au pied de la porte et il demanda à Marjean d'aller l'y déposer.

— Ensuite, agrippe Sybran, ordonna-t-il.

Dès qu'il foula la neige, Merlin se concentra et, une fois assuré que les trois compagnons étaient en contact, il effectua le transport mystique qui les déplaça instantanément, avec l'étrange sphère dorée, en direction du point de rendez-vous.

Alors même que les trois amis disparaissaient de l'intérieur de la forteresse, le géant Ymir ouvrait ses yeux sombres en fronçant les sourcils avec sévérité.

22

Dès son réveil, le prince Ymir savait que quelque chose de grave venait tout juste de se produire. Il posa son regard sur les deux grandes portes barrées, par-delà le grand portail à la pierre noire qui séparait la salle d'accueil de la salle d'audience, qui pliaient sous l'assaut de ses géants. Un de ses gardes du corps gisait au sol, probablement mort. Il ferait transporter les restes de son fidèle serviteur dans les couloirs wendriques dès que possible, confiant que l'étrange pouvoir du lieu sacré d'Hyperborée aurait tôt fait de régénérer l'enveloppe charnelle du géant et que son esprit immortel ne tarderait pas à retrouver son corps renouvelé.

Bien que décimé maintenant, après tant d'années de conflits avec leurs ennemis, le clan des géants de glace pouvait encore compter sur près d'une centaine de guerriers et autant d'espions, agents et autres serviteurs. Et c'était grâce à l'étrange lieu sacré de leur domaine que les géants de glace résistaient à l'extermination.

Le prince Ymir se leva d'un bond, au moment où la barre de fermeture céda enfin devant les efforts persistants des assaillants derrière la porte. Les deux grands battants s'ouvrirent dans un vacarme assommant, à la suite de quoi plusieurs de ses géants firent une entrée désordonnée.

— Que se passe-t-il ? tonna dans la langue ancienne et de sa voix puissante le prince des géants de glace.

— Des intrus, mon seigneur ! l'informa aussitôt l'un de ses seconds. Ils ont d'abord attaqué le village. Ensuite un deuxième groupe s'est infiltré dans le palais.

Le prince Ymir observa la pièce tout autour et son regard s'arrêta sur le trou béant laissé dans la cage d'or par les manipulations de Merlin. Il comprit que quelqu'un était probablement entré dans son domaine pour porter secours à la dame du Lac. Mais pourquoi faire un trou dans la cage vide ? Ymir ne pouvait trouver la réponse à cette énigme.

— Est-ce que l'un d'entre vous a vu les intrus ? Sont-ce des ondins, des trolls, ou encore des agents des Ases ?

— Personne sauf Gaanak ne les a vus, mon seigneur, dit un des géants en désignant son confrère gisant au sol.

— Par les grosses blessures que je constate, il s'agit probablement d'individus d'un autre clan de géants, ou encore des guerriers Ases.

Ymir voulait dire par là que la taille imposante des lésions sur le corps inanimé suggérait une arme géante. En effet, les Ases eux-mêmes avaient presque la taille du peuple des géants, et, mis à part leur grandeur, ils étaient en tous points semblables à la race des humains, dont certains disaient qu'ils étaient les ancêtres.

— Mon seigneur ! Le village... Que fait-on du village ?

L'armure de glace vivante du prince Ymir passa de transparente à blanche et opaque, donnant au maître des géants de glace un aspect encore plus redoutable. Il récupéra d'une main l'effrayante hache à deux pennes qui reposait contre son trône et s'avança en hurlant :

— Allons voir ça !

Merlin et ses gigantesques compagnons reprirent forme près du village des géants, à un endroit où ils pouvaient prendre la direction des portes de glace. De ce côté du village, les trois Bretons pouvaient distinguer les enclos des aurochs éléphantesques dont les géants faisaient l'élevage, mais aussi le résultat de l'assaut de leurs compagnons sur le village. Plusieurs géants ainsi que d'autres personnages moins grands courraient entre la rivière avoisinante et les bâtiments du village avec de grands seaux d'eau pour éteindre les brasiers allumés par Galegantin et ses alliés. Une voix forte au parler breton se fit entendre de la forêt toute proche :

— Merlin, ici !

Les trois compagnons se retournèrent et Marjean fit un grand signe pour montrer qu'il avait repéré leurs amis. Merlin prit un moment pour placer la sphère d'or dans son sac fée et ranger le tout avec soin au creux des plis de ses vêtements.

— Allons-y ! dit-il ensuite d'une voix fringante et rapide.

Merlin n'eut aucune difficulté à suivre ses deux compagnons aux dimensions décuplées et le premier groupe rejoignit rapidement le deuxième. Le jeune chef constata avec soulagement que tous les compagnons étaient au rendez-vous et que nul ne semblait blessé.

— Bredon, au rapport! commanda-t-il de sa voix rigolote.

— Le chevalier Galegantin, Cormiac et Syphelle ont choisi d'ingérer des potions de rapidité; les autres, comme tu peux le voir, ont opté plutôt pour le gigantisme. Cormiac et Syphelle sont allés allumer des foyers d'incendie et sont ressortis avant même d'être repérés. Mais l'alarme a quand même été donnée. Depuis, les villageois et les guerriers qui défendent le village s'activent à éteindre les flammes. Malheureusement pour eux, il semble que ce peuple des glaces redoute le feu et cela a bien servi notre cause.

— Excellent! approuva Merlin. Pour notre part, nous avons réussi à récupérer ce qui reste de la dame Myripale et je la transporte avec moi. Marjean a terrassé un des gardes du prince Ymir et Sybran a gardé en respect la douzaine d'autres gardes de la forteresse. Nous sommes partis avant même que leur seigneur ne s'éveille.

Les compagnons s'en réjouirent et se félicitèrent de leur succès. Galegantin, lui aussi sous les effets de la potion de rapidité, prit ensuite la parole, faisant entendre une voix rapide encore plus drôle que celle de Merlin:

— Nous ne pouvons rester ici très longtemps, car les guerriers ne tarderont pas à chercher la cause des incendies.

Et comme pour confirmer les dires du chevalier, un groupe de géants apparut aux limites du village.

— Vite! fit Merlin. Formez une chaîne.

Les compagnons aux dimensions dépareillées réussirent, avec un peu plus de mal que d'habitude, à former la chaîne ininterrompue nécessaire et Merlin se concentra pour entamer aussitôt le transport mystique vers les portes de glace. Quand les membres de la troupe réapparurent, à l'autre bout de la longue vallée qui formait le domaine d'Hyperborée, ils furent immédiatement repérés par les gardiens de la tour près des portes de glace, qui sonnèrent aussitôt l'alarme. Mais, avant même que ces derniers ne tentent de prendre en assaut le groupe de Celtes, Merlin engagea un nouveau transport et conduisit la troupe entière à l'opposé complet de la vallée, devant la fontaine de flammes, juste à la limite de la neige. Ne cherchant même pas à savoir si les gardiens avaient été remplacés à cette deuxième entrée du domaine du prince Ymir, Merlin appela sa bande :

— Vite ! Les géants ne seront pas dupes de notre subterfuge très longtemps. Vous êtes tous prêts ?

— Nous sommes prêts ! répondirent-ils ensemble.

— Syphelle, tu as la pierre runique ?

— Oui, Merlin ! répondit-elle d'une voix plus aiguë encore que celle des autres, la présentant devant elle.

— Allons-y ! clama Merlin en récupérant le reste de la flamme d'Aduïr de sa poche.

Il lança la poignée de feu glacé dans les flammes de la fontaine, lesquelles se transformèrent presque aussitôt pour prendre la teinte verte qui confirmait leur conversion. Syphelle, aidée de Merlin, activa alors le pouvoir des runes de la pierre pour ouvrir le portail magique entre les mondes. La dernière chose que perçurent les compagnons avant de quitter l'Hyperborée fut le son émanant d'une corne d'auroch non loin de leur position. L'alarme avait été sonnée une fois de plus.

Après un moment dans le tourbillon de flammes vertes, la troupe réapparut de l'autre côté du passage de feu, dans la familière vallée de verre. Merlin et les autres s'éloignèrent rapidement du centre de la vallée, dans la direction du campement où ils avaient laissé une partie de leurs bagages. Le jeune druide étendit la portée de ses sens et reprit presque aussitôt contact avec Faucon, qui volait en chasse dans les environs.

Les amis retrouvèrent leur camp, ainsi que le jeune homme qui était resté derrière pour veiller sur leurs biens. Celui-ci avait remarqué l'apparition des flammes au centre de la vallée et deviné que cela signifiait le retour des Bretons et de la Picte. Mais il n'était pas préparé à voir apparaître les géants partiellement nus qui marchaient tout autour du chef de la troupe.

Les peuples celtes étaient réputés pour être souvent dénudés, dans la bataille notamment, et le jeune Africain en conclut tout naturellement que les hommes sortaient d'un combat. La troupe, soulagée, retrouva vite toute sa bonne humeur et chacun s'installa pour attendre que les effets des potions s'estompent, ce qui ne devait pas tarder.

Mais alors que tout semblait jouer en faveur des voyageurs du Septentrion et que les flammes du puits de Pyros reprenaient leur chaude couleur normale, de gigantesques formes apparurent au milieu d'elles : c'était le prince Ymir lui-même, accompagné d'une dizaine de ses meilleurs guerriers. Sybran donna l'ordre de bataille, mais déjà tous sentaient que le pouvoir des potions commençait à faiblir.

— Quelle poisse ! s'insurgea Galegantin.

Lui et les autres savaient qu'ils ne faisaient malheureusement pas le poids devant les guerriers d'élite de l'armée des géants de glace. Mais la troupe n'allait pas abandonner sans une lutte acharnée. Déjà, Galegantin s'avançait en hurlant son cri de bataille.

Alors que le chevalier approchait des géants, Merlin remarqua que, tout autour, de grandes silhouettes, d'abord indistinctes, commençaient à prendre forme. D'immenses guerriers scandinaves, presque de la taille des géants d'Hyperborée, formaient peu à peu un vaste demi-cercle derrière la troupe.

— Les Ases ! cria Syphelle. Ce sont des Ases !

Merlin aperçut également, là, flottant dans le vent, une toute petite fée aux cheveux de miel, près de l'épaule d'un guerrier scandinave armé d'une belle épée étincelante, et il reconnut tout de suite Annanielle. Il leva la main en salut et la petite fée lui retourna le geste.

Merlin comprit que Ninianne avait envoyé sa messagère auprès du peuple des Ases les informer de ce que ses alliés bretons allaient tenter. Les Ases n'avaient pas à être convaincus longuement pour s'engager contre leurs ennemis éternels, les ennemis de leurs ennemis étant leurs amis. Un petit régiment du mythique peuple de guerriers nordiques avait donc franchi la barrière des mondes et s'était rendu prêter main-forte à ceux qui avaient osé défier l'interdiction magique qui bloquait l'accès au domaine des géants de glace.

Le prince Ymir leva la main pour arrêter l'avance de ses géants, car il savait que la bataille venait de tourner en faveur de ses opposants, et il décida en toute sagesse d'éviter une déroute. Il commanda la retraite, et lui et ses suivants rentrèrent un à un dans les flammes, pour retourner par le portail enchanté dans le monde d'où ils étaient venus. Merlin échangea toutefois un regard complice avec le bras droit du prince Ymir avant qu'il ne parte : Unaek, qui se tenait parmi les autres géants de glace. Le jeune homme lui sourit discrètement en gage de remerciement pour son aide secrète.

Après quelques pénibles minutes d'attente, les flammes du puits de Pyros s'éteignirent enfin. Peu après, les Ases disparurent comme ils étaient arrivés, sans mot dire, leur chef levant haut devant lui sa longue épée en gage de salut. La petite fée Annanielle était partie avec eux, et les compagnons ne perdirent pas de temps avant de quitter à leur tour la vallée au cas où les géants choisiraient de revenir en plus grand nombre.

Les événements qui suivirent, bien qu'étendus sur une longue période de temps, se succédèrent sans interruption. Les compagnons, une fois vêtus et équipés, retournèrent récupérer les chevaux laissés au village de l'oasis près de la vallée de verre. La troupe prit ensuite le chemin de retour vers Volubilis, puis vers Tingis où les montures généreusement prêtées furent échangées pour les leurs. Après quelques jours d'hospitalité chez Azûlay et la promesse d'un éventuel retour,

Merlin et ses amis, impatients de retourner l'ancienne dame du Lac aux siens, s'éloignèrent à une bonne distance de la cité et utilisèrent l'ouïg une ultime fois pour rentrer à Cerloise.

L'hiver était maintenant bien avancé et tous les membres de la troupe s'installèrent dans la cité du nord de la Bretagne pour affronter la saison froide. Mais avant tout, Merlin invita la dame Vivianne et le seigneur Rivanorr de BelleGarde auprès de lui à Cerloise.

À leur arrivée, il rassembla ses compagnons et, en leur présence, il remit, dans une solennelle réception, la magnifique sphère d'or qui contenait les restes et l'esprit immortel de la défunte reine ondine. La nouvelle dame du Lac et le seigneur fée se réjouirent du succès des Bretons et de leur nouvelle compagne picte. Ils accueillirent leur chère disparue avec émotion et promirent, avant de partir, de récompenser prochainement Merlin et les siens à la pleine mesure de leurs efforts. Le jeune seigneur de Cerloise et ses camarades avaient enfin mérité un long congé de leurs aventures, ayant réussi, après tant de tergiversations, leur toute dernière et périlleuse mission.

IMPRESSION
IMPRIMERIE GAGNÉ